내 발 아래 시한폭탄

Title of the original Spanish edition: PASOS DE MARIONETA

내 발 아래 시한폭탄

알프레도 고메스 세르다 지음
김정하 옮김

삐삐북스

1
장

생물학과 사무실 문이 갑자기 열리고 MK가 번개처럼 튀어나왔다. MK의 온몸은 긴장으로 팽팽하게 굳어 폭발해 버릴 지경이었다. 빨리 숨을 골라야 했다. 복도 한가운데에 급히 멈춰 서서 여러 번 숨을 깊게 들이마셨다. 그러고는 방향 감각을 잃은 듯 좌우를 두리번거렸다. 수업은 이미 끝났고 학교에는 사람이 거의 없었다. 교무실에서 일을 정리하는 선생님이나 교장실에서 전화를 받는 교장 선생님, 문이 제대로 닫혀 있는지 확인하는 경비원, 미화원 두어 명 정도만 남아 있을 시간이었다.

MK는 질식할 것 같았다. 몸속에서 풍선이 끝도 없이

부풀어 오르고 사방에서 몸을 조여 오는 것 같았다. 숨을 쉴 수 없어서 입을 벌리고 공기를 들이마시려고 헐떡거렸다. 동시에 쿵쾅하고 심장 뛰는 소리가 들려왔다. 맥박을 체크할 필요도 없었다. 가슴속에도 뭔가 낯선 묵직한 것이 자리 잡은 듯 단단해졌다. 밝은 빛을 피하려고 눈을 감았다가 떴다. 그러고 나서 복도를 지나 정문 쪽으로 달리기 시작했다.

도서관 문 앞에서 이야기를 나누던 두 여선생님이 놀라서 MK를 바라보았다. 한 선생님이 바로 그녀를 알아보았다. 지난해에 가르쳤던 학생이었다. 두 선생님은 미친 듯이 달려가는 학생을 멈추게 하려고 했지만, MK는 선생님 한 명과 부딪힐 뻔했는데도 멈추지 않았다.

"얘! 어디를 그렇게 가니?" 한 선생님이 물었다.

"무슨 일이야?" 또 다른 선생님은 무슨 일이 일어났음을 직감했다.

MK는 뒤도 돌아보지 않았다. 너무 흥분해서 도서관 문 옆에서 두 명의 교사를 지나쳤다는 사실조차 인식하지 못했을 가능성이 높았다. 두 교사는 MK를 멈춰 세우고 왜 그렇게 뛰는지 묻고 싶었다. 비슷한 일은 정문에서도 일어났다. 정문은 매우 컸는데, 크고 작은 문이 여러 개 붙은 형태였다. 등교 시간과 하교 시간에는 학생들이 쉽게 드나들도록 모든 문이 열려 있었지만, 당시에는 하나만 열어 놓았었다.

MK는 첫 번째 문으로 달려가 힘을 주어 몸으로 밀고 발로 차 보았지만, 헛수고였다.

경비원이 소란스러운 소리를 듣고 경비실에서 나왔다.

"어이! 뭘 하는 거야? 문 닫힌 거 안 보여?" 경비원이 소리치며 열려 있는 문을 가리켰다. "여기로 가라고."

경비원은 MK라는 태풍이 자신을 덮치지 않도록 옆으로 비켜서야 했다. 그녀가 학교를 빠져나가 거리를 달려가는 것을 보고 고개를 저으며 중얼거렸다. 주변에 누군가 있었다면 나라가 망조라는 그의 이론을 늘어놓았을 것이다. 요즘 애들은 완전 실패작이며, 게으르고 의지도 열정도 없으며, 중요한 나사가 빠졌다고 말이다. 그는 학교에 있으면서 청소년들을 관찰하고 이야기도 나누면서 그들에 대해 잘 안다고 생각했다.

한번은 쉬는 시간에 학생 몇 명과 이야기를 나누다가 '겁쟁이'라고 몰아붙인 적도 있었다.

"그게 무슨 말이에요?" 한 소년이 물었다.

"너희가 그렇단 말이야." 경비원은 그렇게만 대답했

다. 그 단어를 정의하려다 실수할 것 같아서 자세히 설명하지 않았다. 그러고 나서 자신이 그 또래였을 때 아버지가 자신에게 자주 하던 말이라는 걸 떠올렸다.

두 명의 여선생님은 여전히 복도에 있었다. MK가 눈앞에서 사라졌지만, 여전히 정문 쪽을 바라보고 있었다.

"쯧쯧!" 한 선생님이 말했다.

"아는 학생인가요?"

"MK예요. 지난 학기에 가르쳤어요. 바탕이 나쁜 애는 아닌데……."

"학생들을 하나하나 살펴보면 바탕이 나쁜 애는 하나도 없어요" 다른 선생님이 말했다. "하지만 전체를 놓고 보면…… 참담해요."

"영리하고 똑똑한 학생이에요. 하지만 공부를 하지 않으려고 해요. 아니 분명하게 말하면 공부를 안 해요. 동기 부여가 부족하달까."

"동기 부여? 우리 모두 동기 부여가 부족하죠. 게다가 교육 개혁이라는 말로 우리를 골탕 먹이려고만 하는데도 우리는 굳건히 우리 일을 하고 있잖아요."

"우리가 지금 열여섯 살이 아니라서 다행이에요."

"다행이라니요? 저는 당장 열여섯 살로 돌아가고 싶어요."

"정말요?"

"왜요?"

두 선생님은 무척 재미있는 이야기를 한 것처럼 웃음을 터뜨렸다. 그 순간 생물학과 사무실 문이 열리고, L 선생님이 나왔다. 그는 잠시 멈추더니 재킷 주머니와 낡은 가죽 손가방 안을 뒤졌다. 금속 버클과 가죽끈이 달린 옛날 스타일의 가방이었다. 결국, 열쇠 하나를 찾아낸 다음 가방을 닫고 걷기 시작했다. 길쭉한 다리와 어색한 걸음걸이, 마른 몸매와 몸에서 달아나고 싶어 하는 것처럼 보이는 머리로 무척 독특한 느낌을 풍겼다. 그 학교에 온 첫해라 그는 아직 친한 교사가 없었다. 신중하고 내성적인 성격에, 혼자 있고 싶어 하고 바른말만 하는 성향이 친구를 못 사귀는 데 분명히 한몫했을 것이다. 이미 동료 교사들 사이에서 친구를 사귀기에는 너무 특이한 사람이라는 평판이 나 있었다.

두 선생님들과 마주친 L 선생님이 공손하게 인사했다.

"안녕하세요?"

"일이 많았나 봐요?" 대화를 시도해 보려고 한 선생님이 물었다.

"네." L 선생님이 대답했다. 자리를 떠나려다가 뭔가 이야기를 더 해야 한다고 느꼈는지 한 마디 덧붙였다. "선생님들도 일이 많으셨나 봐요."

"잘 보셨어요. 이 학교에서는 우리 모두 산더미 같은 일로 시달리죠."

"어제는 밤 열 시까지 시험지를 채점했어요. 그런데도 사람들은 우리 교사들이 방학이라는 특권을 누린다고 이야기하죠."

L 선생님은 미소를 지으려고 했지만 웃음이 나오지 않았다. 가볍게 고개를 숙이고 가던 길을 계속 갔다.

"내일 뵙겠습니다."

두 명의 여선생님은 L 선생님이 충분히 멀어질 때까지 기다렸다가 작은 소리로 이야기를 시작했다.

"정말 이상한 사람이이에요!"

"맞아요. 어떻게 봐도 이상해. 안팎으로 다 이상하다니까요."

"글쎄, 뭐랄까. 뭔지 모르게 좀 불편해요."

"나도 그래요."

"철학 선생님하고만 잘 지내는 것 같아요."

"끼리끼리 잘 어울리네."

"시답잖은 철학책들만 가방 속에 잔뜩 넣고 다닌대요."

"생물 선생님이 왜 그런대요? 전공을 잘못 선택했네요."

"삶과 삶의 기원과 삶의 구조…… 생각, 지식……. 이 모든 것이 연관된 것 같아요, 그렇죠?"

"내가 담당한 체육만 빼고 모두가 그렇죠."

"그렇지 않아요. 건강한 정신은 건강한 몸에 깃든다잖아요."

그러고 나서 두 선생님은 웃음을 터뜨렸다.

그 시각 경비원은 교문을 나서던 교장 선생님을 붙들고 몇 분 전에 학생 하나가 발길질을 하면서 문을 밀어붙이려고 하다가 뛰어나갔다고 설명하고 있었다. 말이 많고 과장이 심한 경비원이 불편했던 교장 선생님은 빨리 자리를 뜨고 싶어 했다. 그래서 L 선생님이 나타났을 때는 구원자를 만난 느낌이었다.

"L 선생님, 드릴 말씀이 있으니, 같이 가요." 교장 선생님이 말했다.

두 선생님은 함께 거리로 나왔다.

"놀라게 해드려서 죄송해요." 교장 선생님이 설명했다. "저 사람이 하는 쓸데없는 말을 참을 수가 없어서 선생님을 이용했어요."

"괜찮습니다."

교장 선생님은 주차해 놓은 자동차 앞에 멈췄다.

"차를 가지고 학교에 오시나요?"

"아닙니다. 버스로 옵니다."

"괜찮으시다면 태워다 드릴게요."

"아닙니다, 괜찮아요. 감사합니다."

"그럼 내일 뵙겠습니다."

"내일 뵙겠습니다."

L 선생님이 버스에 앉아 만화책에 몰두하지 않았다면, 학교 근처의 광장을 지날 때 벤치 주변에 세운 불규칙한 큐브 모양의 콘크리트 조형물을 보았을지도 모른다. 그 광장은 특별히 인상적인 곳도 아니었고 2, 30년 전 도시 외곽의 평범한 동네에서 흔히 볼 수 있는 광장 중 하나였다. 그 조형물은 고장 나서 물이 빠져나간 빈 분수대 한가운데 서 있었다.

한때 그 조형물은 물이 계단처럼 떨어져 연못으로 쏟

아지던 분수였지만, 지금은 그라피티 예술가들의 캔버스처럼 변해 있었다. 너무나 많은 낙서로 '예술가들'조차도 자신의 그림을 구별할 수 없을 정도였다.

그 벤치에는 MK가 앉아 있었다. 그러나 혼자가 아니었다. 카를로스와 함께 있었다.

카를로스는 학교 앞에서 MK를 기다리고 있었다. 그녀가 조금 늦게 도착하리라는 것을 알고 있었다. 왜냐하면 L 선생님이 방과 후에 MK를 불렀다고 말했으니까. MK는 쉬는 시간에 복도에서 선생님에게 기말시험 성적에 관해 항의하려고 했다. 친구의 시험지를 베껴 썼는데, 친구는 좋은 성적을 받고 자신은 낙제 점수를 받는 말도 안 되는 일이 벌어졌기 때문이다. 그러나 아무 소용이 없었다.

카를로스는 흥분한 MK를 진정시키려고 애썼지만, 그녀 안에 쌓였던 모든 울분이 갑자기 폭발해 버렸다. 카를로스는 MK의 머리카락을 만지고 뒤로 넘겨주며 뺨을 쓰다듬어 주었다. 그리고 엄지로 눈물을 닦아 주기도 했다.

"너무 심했어! 너무 심했다고!" MK가 반복해서 말했다.

"진정해, 진정하라고." 이런 상황을 처음 맞닥뜨린 카를로스는 이 말만 되풀이했다.

"이번에 낙제하면 엄마는 날 죽이려고 들 거고, 아빠는 날 끝장내 버릴 거야. 이미 경고했었단 말이야."

"낙제 안 당할 거야."

"또 소리치고 때릴 거야. 그러면 나는 작아지고, 비겁해지고 하찮은 존재가 되어 버려. 무섭다고. 근데, 다른 두려움이랑은 좀 달라. 아주 어렸을 때부터 느꼈던 그런 두려움이야. 내 몸과 마음을 지배해서 꼼짝할 수가 없어. 손으로 머리를 감싸는 것밖에는 할 수 있는 게 없다고. 그것뿐이야. 그리고 참고 참고 또 참아……. 그러다가 죽고 싶다고 생각하다가 또 어떤 때는 그들이 죽어 버렸으면 좋겠다고 생각해."

"낙제 안 당할 거야, 걱정마." 카를로스는 MK의 말을 더는 듣기 싫어서 그 말만 반복했다.

"도대체 언제 열여덟 살이 되냐고. 열여덟 살이면 내가 하고 싶은 일을 할 수 있을 텐데."

"이제 얼마 안 남았어."

"아직 2년이나 남았다고!"

"난 지난달에 열여덟 살이 됐는데, 별 거 없어."

"누구의 간섭도 안 받아도 되잖아. 그게 어떻게 별거 아닌 거야?"

카를로스가 MK를 끌어안았다. MK는 그의 어깨에 기대어 울었다. 둘은 키스를 했다. 그러자 MK는 조금 진정이 되었다.

"내가 그 선생님한테 심하게 군 거 알아." MK가 인정했다.

"그 선생은 뭣도 아니야."

"나한테 시험지를 보여 주면서 왜 내가 낙제했는지 설명했어. 모두 맞는 말이었어. 내가 커닝했다는 걸 다 알고 있더라고. 제대로 베끼지도 못했거든. 그런데 가만히 당하고 싶지만은 않아서 나도 소리쳤어. 어느 순간 막 말이 터져 버렸는데, 멈출 수 없었어. 멈출 수 없었다고! 온갖 욕을 다 했어. 쉬지 않고 다 퍼부었어. 정말 지겨웠어! 그래서 막 나갔다고! 이해하겠어?"

"알아, 이해해."

"정말 다 지긋지긋해! 엄마 아빠도 지긋지긋하고. 나한테 뭘 해줬다고! 거지 같은 것들만 나한테 떠넘겨 놓고. 학교도 지긋지긋해! 감옥 같아! 이 동네도 지긋지긋해! 더 큰 감옥일 뿐이야! 내 인생도 지긋지긋해! 나도 지긋지긋해!"

"진정해. 진정하라니까……." 카를로스는 자신의 말이 위로가 될 거라 생각했지만, 아니었다.

"내 인생에 폭탄을 설치하고 폭발시키고 싶어. 공중으로 높이높이 솟아올라 아주 먼 외딴 섬에 떨어져 버리고 싶어……."

"너, 만화를 너무 많이 봤어." 카를로스가 웃으면서 말을 막았다.

MK는 뭔가 떠오른 듯 생각에 잠겼다.

"L 선생님이 나를 끝장낼 거야."

카를로스는 잠시 MK에게서 떨어져서 그녀를 바라보았다. 그의 머릿속에 어떤 생각이 떠오른 것 같았다.

"우리가 선수를 칠 수 있어." 카를로스가 갑자기 말했다.

"무슨 말이야?"

"아주 간단해. 그가 너를 끝장내기 전에 우리가 먼저 끝장내면 돼."

"자동차 타이어를 펑크 내자는 거라면 말해 두는데, L 선생님은 자동차를 안 갖고 다녀."

"그런 말이 아니야."

"익명의 편지라도 보내자는 거야?"

"야, 지금 나를 애송이 취급하는 거야?" 카를로스가 MK의 마지막 말에 기분이 상한 척했다. 익명으로 뭔가를 보내는 것은 일 학년 아이들이나 하는 짓이라고 생각했다.

"그럼?"

"제대로 한 번 패 주고 진짜 협박을 하는 거야."

"골목에 숨어서 기다렸다가 공격이라도 하자고?" MK가 놀라서 말했다.

카를로스는 고개를 저으며, MK가 무척 순진한 아이라고 생각했다.

"우리가 직접 하는 게 아니야." 카를로스가 설명했다. "처리할 사람들을 알아. 학교와 아무 상관도 없는 선수들이야. 돈을 받고 일하지만 내 부탁이라면 들어줄 거야. 친하거든……. 이제 내 말 알아듣겠어?"

속으로는 무서웠지만, MK는 그 생각이 싫지 않았다. 그렇지만 놀랍게도 어렸을 때 봤던 만화 영화의 몇몇 장면이 떠올랐다. 매우 익숙한 장면이었다. 어떤 인물의 발밑에서 폭탄이 터져서 공중으로 날아올라 구름을 건

너고 대기권을 벗어나 지구를 몇 바퀴 돌다가 시커멓게 그을려서 섬 한가운데에 떨어지는 장면이었다. 카를로스가 L 선생님을 공중으로 날려 보내자고 제안하는 줄 알았다. 하지만 몇 분 전에 이야기했던 것은 그런 것이 아니었다.

"네가 아는 그 사람이 L 선생님의 얼굴을 뭉개 버릴 수 있겠지만, 그런다고 내 인생이 바뀌지 않아."

"하지만 감히 너를 낙제시키지는 못할 거야."

"그럴지도 모르지. 근데, 잘 모르겠어."

"만일 그렇게 한다면……."

MK는 폭발을 느끼고 싶었다. 귀까지 아드레날린이 넘치도록 느끼고 싶었던 건 그녀였다.

"다른 방법이 있을 거야, 확실해."

카를로스가 확신했다.

"그럼 찾아보자."

둘은 말없이 바라보다 다시 키스했다.

"너는 폭탄이 터지기를 원하고 있어……." 카를로스가 속삭였다.

"내 아래에서." MK가 말을 이었다.

"하지만 불을 붙이는 순간 되돌릴 수 없어."

"그래." MK가 고개를 끄덕였다.

바로 그때 학교 경비원은 집으로 가려고 광장을 건너고 있었다. 그의 집은 학교에서 멀지 않은 곳에 있었다. 경비원은 카를로스와 MK를 뚫어져라 쳐다보며 그들이 앉은 벤치를 지나쳤다. 그는 조금 전 흥분해서 잠긴 교문으로 도망치듯 나가려고 했던 여학생이라는 걸 알아차렸다. 그는 여학생을 잘 알고 있었다. 사람들은 이 학생이 좋은 아이가 아니라고 했었다. 반항적이고 건방지다고 했다. 부모는 이혼했는데, 딸 만큼은 잘 챙긴다고 들었다. 그녀와 함께 있는 녀석도 안다. 몇 년 전 학교를 졸업했고 여자아이보다 몇 살 많았다. 골칫덩어리 녀석! 적어도 두어 번은 학교에서 징계를 당했었는데, 언제나 교칙을 지키지 않아서였다. 공부는 안 하고 사람을 골탕 먹이고 화나게 하는 데 선수였다. 친구나 선생님뿐만 아니라 그에게도 그랬다. 한 번은 휴지통을 뽑아 공중에 던져서 혼내자 달려든 적이 있었다.

"무엇 때문에 쓰레기통을 뜯어서 던진 거야?"

"밖으로 나가서도 그렇게 한 번 떠들어 보시지." 녀석이 소리쳤다.

"길에서도 하고 어디서든 다시 말할 수 있어!"

"그럼 같이 나가자고!"

일주일 동안 경비원은 만나는 선생님마다 붙들고 그 이야기를 했다. "나는 나가고 싶지 않았어요. 나는 내가 제일 잘 알죠. 결국 피해 입는 건 내가 될 테니까요. 그래서 나가지 않으려고 했다니까요. 왜냐하면……."

그는 자신이 심리학자가 돼야 했었다고 생각했다. 처음 든 생각도 아니었다. 그는 사람을 한 번만 봐도 그가 어떤 사람인지 알 수 있었다. 틀리는 법이 거의 없었다. 그는 다시 그 커플을 바라보았다. 그들을 지나쳐왔기 때문에 이번에는 몸을 돌려서 봐야 했다.

"인간 폭탄이야!" 이렇게 외치고는 고개를 저었다. 두 녀석 다 아무짝에도 쓸모없는 녀석들이라고 생각했다. 아무 가치도 없는 녀석들이다.

2
장

저녁 무렵, MK는 아빠 집에 도착했다. 문을 열자 그 집 특유의 불쾌한 냄새가 났다. 냄새는 벽과 커튼, 가구에 깊게 배어 있어 몇 시간 동안 환기를 시켜도 사라지지 않았다. 도대체 무슨 냄새일까? MK는 여러 번 그 생각을 했지만, 알 수 없었다. 아빠의 냄새는 아니었다. 사실 아빠가 집을 나와 구질구질한 그 아파트에 이사 오면서부터 그 냄새가 나기 시작했다. 아마도 그 집에 살았던 사람 모두가 조금씩 만든 냄새일 것이다. 각각이 한 가지 물질, 하나의 향기, 또는 하나의 자국을 남겼고, 그 모든 것이 합쳐져 기분 나쁜 냄새를 만들어 냈을 것이다. 가끔 아빠 집에 있을 때 지루함을 달랠 겸 냄새의 정체를 알아내려고 했었다. 그러나 도무지 알 수 없었다. 적어도 MK가 전에 알았던 냄새는 아니었다.

현관에 가방을 던지고 거실로 들어갔다. 텔레비전은 켜져 있었고 낮은 테이블은 빈 맥주 캔으로 가득했다. 고개를 돌려 보니 아빠가 소파에 축 늘어져 있었다. 순간 기분이 상했다. 그 시간에 빈 맥주 캔을 늘어놓고 겉옷을 입은 채로 아무렇게나 누워서 잠이 들었다는 것은 온종일 집에 있었다는 의미였다. 그러니까 아무 일도 못하고 그냥 하루를 지낸 것이다. 그건 참을 수 없는 일이었다.

"내가 이렇게 살려고 태어난 게 아니라고!" 아빠는 화가 나서 이렇게 소리치곤 했다.

3년 전에 아빠가 일했던 보일러 정비 회사가 망하고 모든 직원이 거리에 나 앉았다. 초기에 MK 아빠는 자신감도 있고 상황을 차분히 받아들였었다. 실업 수당을 받으면서 곧 새로운 일자리를 찾게 될 거라고 생각했었다. 모든 사람이 아빠가 능숙한 기술자라고 인정했다. 뭐든 고칠 수 있는 사람이라고 말이다. 그러나 시간이 지날수록 온 사방에 이력서를 내는 데 지쳐 버렸다. 여러 곳에서 오라고 했지만, 조건이 너무 안 좋고, 자신의 능

력에 안 맞는다며 분통을 터뜨렸다. 어쩔 수 없이 두어 번 일자리를 수락했지만, 단기 계약에 불과했다. 결국 혼자서 하기로 하고 모든 종류의 전자제품 수리와 심지어는 집 안의 모든 사소한 고장을 해결할 수 있다고 소문을 냈다. 그때부터 그렇게 일을 시작했다. 어떤 날은 일거리가 있었고 어떤 날은 없었다. 때로는 일이 넘쳐서 다 못 받을 때도 있었지만, 어떤 날은 전화가 한 번도 울리지 않았다. MK 아빠는 세상을 한탄했고 그가 속한 집단에 대해 불평했다. 수많은 실업자가 거리로 몰려나와서 모든 브랜드의 공식 서비스와 경쟁을 했다. 아무런 명세서도 받을 수 없고 세금도 없고 당연히 아무런 보장도 받을 수 없는 일이었다. 그리고 때때로 고객들의 물건을 고쳐 주는 대신에 망가뜨리는 사기꾼들이 있었다. 그런 일을 맡아 고쳐 준 적도 있었다.

"이 일은 정말 힘들어. 정말로 힘들다고." 아빠는 가끔 유일한 딸 MK에게 말하곤 했다. "그러니까 너는 공부를 열심히 하고 준비를 잘해야 돼. 그렇지 않으면……."

MK는 엄마와 함께 살았다. 8년 전에 엄마와 아빠가 이혼했다. 새로운 애인들이 생겨서 헤어진 게 아니었다.

그냥 둘 다 더는 참을 수 없다고 하면서 헤어졌다.

"우리 둘 다 성격이 너무 강해." 이혼 사유가 된다고 생각하는 듯 둘 다 이 말을 되풀이했다.

MK는 자신의 인생을 생각해 보았다. 인생의 반은 부모님들과 함께 살았고 나머지 반은 헤어진 상태로 지냈다. 처음 절반에서 기억나는 것은 계속된 싸움이었다. 딸 앞에서도 거리낌 없이 욕설을 내뱉었다. 소리 지르고 또 소리 지르고, 위협하고 모욕을 주고 물건들이 날아다니고……. 불행하게도 싸움에서 손찌검은 없었다. 차라리 그랬더라면 내면의 폭력을 끄집어내는 기회가 됐을 텐데, 단 한 번도 치고받고 싸운 적이 없었다. 그 생각을 하면 답답하고 화가 났다. 두 사람이 고함을 지를 때마다 두려워서 미칠 것 같았다. 차라리 서로를 때렸으면 하고 바랐다. 그렇게 했다면 적어도 MK 자신이 피해자가 되지 않았을지도 모른다고 생각했다.

엄마는 가끔 그 사실을 인정했다.

"네가 다 뒤집어쓰는구나." 아무 이유 없이 MK의 뺨을 때린 뒤였다. 끔찍하게도 아빠에게 이미 맞고 난 뒤에 또 맞는 거였다.

어렸을 때는 '뒤집어쓴다'는 표현에 대해 여러 번 생각했지만, 이해할 수 없었다. 뭘 쓴다는 건지 알 수 없었다. 하지만, 이제는 안다. 그게 남이 저지른 일을 대신 뒤집어쓴다는 말이라는 걸. 그건 확실했다. MK는 언제나 대신 맞는 것이었다. 그리고 나쁜 것은, 정말로 더 나쁜 것은 현재도 뒤집어쓰고 있다는 것이다. 엄마 아빠의 분노를 대신 말이다. 끔찍한 일이었다.

"여기서 뭘 하고 있어?" 아빠가 눈을 뜨고 소파에서 몸을 움직였다.

"오늘 목요일이에요."

"알아. 그래서, 뭐?"

아빠는 팔다리가 무척이나 무거워서 움직일 수 없는 듯 어렵게 몸을 일으켰다. 다리를 쩍 벌리고 몸을 앞으로 기울여 앉았다. 곧 머리가 꺾일 것 같았다.

"알면서 뭘 물어봐요?" MK가 항변했다. "목요일마다 제가 여기서 지내는 걸로 엄마랑 합의했잖아요. 그건 제가 정한 게 아니에요."

"아, 그래그래." 아빠가 소파 팔걸이에 의지해서 몸을 일으켰다. "목소리 좀 낮춰. 머리가 아파."

"그건 아빠가 맥주를 퍼마셔서 그런 거고."

"내가 먹고 싶으면 먹는 거야. 그건 네가 간섭할 일이 아니라고!"

아빠의 기분이 안 좋다는 걸 알았다. 일이 없이 지낼 때는 그랬다. 그럴 때는 하고 싶은 말이나 따지고 싶은 게 있더라도 참고 듣기만 해야 했다. 최대한 눈에 띄지 않아야 했지만, MK는 그게 익숙하지 않았다. 아빠가 일 없이 지내는 데 익숙하지 않은 것처럼 입을 다물고 있는 게 익숙하지 않았다. 멀리 갈 것도 없다. 생물학과 사무실에서 L 선생님에게도 그랬다. 입을 다물고 있어야 했다. 특히 L 선생님이 사실을 밝혀냈을 때는 더욱 그래야 했고 사과를 했어야 했다. 그러나 그렇게 하지 못했다. 마치 내면에 맹수가 날카로운 발톱을 뻗어 먹잇감의 목을 향해 뛰어드는 것 같았다.

"난 설명 따위 듣고 싶지 않다고." MK는 계속했다. "아빠한테도, 엄마한테도. 하지만 엄마 아빠는 계속 나한테 설명을 요구하잖아."

MK는 패할 수밖에 없는 위험한 게임을 시작했다. 항상 그 게임에서 패했었다. 그리고 가장 비참하게 패할 것이라는 것도 알았다. 하지만 뭔가가 계속하라고 말했다. 맹수였을 수도 있다. 당당하게 얼굴을 내밀고 맞서라고. 아무도 감히 뺨을 때릴 수 없다는 것을 보여 주라고 하는 것 같았다.

"건방지게 굴지 마!"

MK는 후퇴해야 할 순간이라는 것을 알았다. 전쟁에서 가장 중요한 것은 전략이라는 것도 알았다. 용감한 자들이 묘지를 가득 채운다는 것도 알았다. 아직 시간이 있었다. 그러나 맹수는 외쳤다. '계속해, 계속해, 계속해…….'

"건방지다고? 목요일마다 오라고 맘대로 정하고는 정작 날 맞이하는 건 드러누운 채 맥주에 취한 아빠잖아……."

아빠는 몸이 불편한 상태였음에도 불구하고 놀라운 속도로 두 걸음에 MK 앞에 섰고, 있는 힘껏 뺨을 때렸다. 그녀의 몸이 휘청이며 바닥에 주저앉을 뻔했다. 두 손을 뺨에 댔다. 맞은 곳이 불타오르는 것 같았다.

MK는 또 패배했다. 그런데 이 전쟁은 언제까지 계속될까? 더는 버틸 수 없을 거라고 확신했다.

"왜 때려요?" 아빠에게 물었다. 그러나 목소리는 이제 침착하고 슬프고 온순해졌다. "왜 계속 나를 때려요? 이제 나도 어린애가 아니라고요. 열여섯 살이라고요."

MK는 언제나 그랬다. 한 대 맞고 나면 한없이 작아졌다. 의미 없고 용기 없고 가치도 없고 의지도 없고 반항할 힘조차 사라졌다.

'나는 쓰레기야, 쓰레기, 쓰레기 같아…….' 살아오는 내내 수도 없이 반복했던 말이었다. 그런데 또다시 그걸 느꼈다. 쓰레기 더미 속에 녹아드는 것 같았다.

적어도 위로받으려고 시도는 해 보았다고 생각했다. 비록 그 전쟁은 무척 불평등했고 무척 부당했지만 말이다. 결코 전쟁을 찾은 적도 없고 원한 적도 없었다. '한 사람이라도 원하지 않으면 싸울 수 없다'는 말도 맞지 않았다. 왜 원하지 않는데도 싸워야 할까? 왜 부모님은 아주 작은 애정 표현만 해 주어도 기뻐할 거라는 사실을 알지 못할까? 열여섯 살이 된 지금 부모님과의 유일한 소통이 매 맞는 것이라는 걸 더는 참을 수 없었다. MK는 항상 고개를 숙이고 공포에 떨면서 굴복하기만 했다. 이제 더는 그런 수치심을 참을 수 없었다. 적어도 맞는 이유가 있어야 했다.

'나는 쓰레기야, 쓰레기, 쓰레기 같아…….'

모든 전투에는 승자와 패자가 있다. 그러나 도망자도 있다. MK는 아직 점퍼도 벗지 않았고 책가방은 현관

문 앞에 있었다. 일어나서 그쪽으로 달려갔다. 아빠는 미처 반응하지 못해 당황했다.

"어디 가?"

돌아서서 그에게 '지긋지긋해서 떠난다고, 열여섯 살이나 되었는데, 아직도 계속 때리는 것을 참을 수 없어서 떠난다'고 소리쳤더라면 얼마나 좋았을까. 그러나 고개 한 번 돌리지 않았다. 책가방을 들고 밖으로 나왔다. 문을 쾅 닫자 페인트칠 된 조각이 계단으로 떨어졌다.

버스 정류장으로 갈 수도 있었다. 그러나 걸어서 집으로 가기로 했다. 오랫동안 걷는 편이 나았다. 엄마와도 마주하고 싶지 않았다.

날이 차고 부슬비가 내렸다. 입고 있는 옷은 얇았고 우산도 없었다. 집에 도착할 때면 옷이 다 젖어 있을 것이다. 추위는 견딜 만했다. 몸은 점점 젖어갔다. 축 늘어진 머리카락에서 얼굴로 빗방울이 떨어지기 시작했다. 물방울은 이마를 적시고 뺨을 적셨다. 그러나 머리카락을 뒤로 넘기려고 손가락 하나 까딱하고 싶지 않았다.

한참 동안은 그렇게 걷는 것이 좋았다. 운동하듯 성큼성큼 걷기도 하고 걸음걸이에 맞춰 호흡을 조절해 보기도 했다. 이렇게 하니 다른 생각이 안 들었다. 머릿속에서 그녀를 괴롭히는 괴물들을 모두 쫓아내 버릴 수 있었다. 하지만 곧 지쳐 버렸고 서둘러서 집으로 향했다. 물에 젖어 불어터진 바보처럼 보이고 싶지 않았다. 속도를 올려 걷다가 결국 뛰기 시작했다.

집에 도착해 우편함 옆 거울 앞에 멈춰서 잠시 자신을 바라보았다. 상상했던 것보다는 덜 끔찍해 보였다. 심지어는 자신의 모습이 광고에 쓰일 수도 있겠다고까지 생각했다. 향수의 촉촉한 향? 머리카락에 윤기를 주는 샴푸? 물에 강한 신발? 영양 크림? 하지만 그다음에 얼굴에 눈길이 갔다. 눈을 바라보았다. 슬픔에 가득 찬 눈이었다. 광고한다면 그건 미성년자 학대 캠페인이 될 것이다. 정말 그랬다.

열쇠를 꺼내려다가 초인종을 누르는 게 낫겠다고 생각했다. 왜냐하면, 엄마는 MK가 올 것을 모를 테니까. 신발 바닥을 매트에 닦고 초인종을 눌렀다. 곧바로 문이 열렸다. 엄마가 놀라서 바라보았다.

"무슨 일이야?" 엄마가 물었다. "왜 비에 홀딱 젖어서 온 거야?"

"비가 오니까요." 사실대로 대답하고 들어갔다.

"그건 나도 알고 있어."

"걸어왔어요."

"아빠 집에는 왜 안 간 거야?" 엄마가 계속 문 앞에 선 채로 물었다. "오늘 목요일이잖아."

"갔어요. 하지만 또 나를 때려서 나와 버렸어요."

"네가 뭔가 잘못했겠지. 언제나 넌 성질을 돋우잖아. 나한테도 마찬가지고."

회오리바람이 MK의 온몸을 휘감는 것을 느꼈다. 약하던 바람이 점점 거세졌다. 곧 머릿속에서도 느껴졌고, 뱃속에서도 느껴졌다. 가슴을 억누르는 것 같았고 팔다리가 오그라드는 것 같았다. 왜 엄마는 자신을 이해하지 못할까? MK는 생각했다. 아빠가 때렸다는 이야기를 듣고도 왜 저렇게 무관심할까? 그리고 엄마 역시 왜 틈만 나면 때릴까? 열여섯 살이 된 딸이 있다는 사실을 이해하는 것이 그렇게도 힘든 일일까? 어쩌면 둘 다 그녀를 사랑했던 적이 없다고 생각하는 편이 편할지도 몰랐다.

"엄마, 나를 사랑해요?" MK가 갑자기 물었다.

"지금 그런 걸 왜 물어?"

왜 엄마는 다른 질문으로 대답을 대신할까? '그런 걸' 지금 왜 묻느냐니?

지루할 만큼 들어 왔던 말이지만, 엄마도 삶이 녹록하지 않았던 것은 틀림없었다. 매일 너무 긴 시간 일해야 했고 녹초가 되어서 집에 돌아왔다. 전남편과 마찬가지로 다니던 회사가 문을 닫는 바람에 일자리를 잃었다. 여러 곳을 알아본 끝에 경비 회사에 취직했다.

'경비원이 될 거라고 생각도 못했어!' 유니폼으로 갈아입은 엄마가 거울을 보면서 자신에게 말했다.

월급은 많지 않았다. 게다가 전남편은 판사가 이혼 선고를 내리면서 지급하라고 한 양육비를 거의 보내지 않았다. 그래서 초과 근무를 할 수밖에 없었고 주말에도 다른 일거리가 생기면 일하러 나가야 했다. MK도 그 사실을 알고 있었다. 엄마가 지쳐서 집에 오는 날이 많다는 사실을 모르는 척해야 했다. 하지만 MK가 원하는 것은 무척 적었다. 아주 사소한 일이었다. 딸의 존재에 작은 관심을 가져 주는 것, 때때로 딸의 말을 들어주는 것, 이해해 주는 것, 꾸짖거나 소리 지르지 않고 이야기해 주는 것……. 큰 것이 아니었다. 아주 작은 것들이었다.

"네 아빠하고의 문제는 그 집에서 해결해. 나는 내 일만으로도 벅차니까." 엄마가 MK에게 쏘아붙였다.

MK는 그 이상한 회오리바람이 몸 안에서 다시 자라나는 것을 느꼈다. 너무 이상했다. 맛을 지닌 듯 시큼한 뒷맛을 남기면서 위에 경련을 일으키며 목으로 올라와 입에서 폭발할 지경이었다. 구역질이 났다. 그건 어렸을 때부터 혼자서 삼켜야만 했던 모든 문제 때문이라고 생각했다. 소화시킬 수 없는 재료로 만들어져서 끊임없이 되새기고 토해야 했던 문제들 말이다.

"엄마는 한 번도 나를 사랑했던 적이 없죠."

"바보 같은 소리 하지 마."

"왜 내가 하는 말은 모두 바보 같은 소리예요?"

"나, 오늘 너무 힘든 일이 많았어!" 엄마가 소리쳤다. "오늘 아침 여섯 시에 일어났어. 지금 몇 시니? 저녁 여섯 시야. 열두 시간째 잠깐 쉬지도 못했다고. 오늘 내가 한 일을 모두 다 늘어놓아야겠니? 그리고 내일은 끔찍하게도 일이 더 많아. 그러니 이제 목욕탕으로 가서 좀 말리도록 해. 젖은 옷도 벗어 놓고."

MK는 울고 싶었다. 그러나 참았다. 엄마와 고민은 고사하고라도 아무 이야기도 할 수 없다는 사실이 절망스러웠다. 엄마는 세상에서 자신이 가장 고통스러운 사람이라고 생각하는 걸까?

"이대로 괜찮아요." MK가 반항했다.

"젖은 옷 벗으라고 말했어!" 엄마의 목소리가 커졌다. "감기라도 걸리면 어쩌려고 그래?"

"걸려도 제가 걸려요. 엄마가 아니라고요!"

"건방지게 굴지 마!"

MK는 속으로 웃었다. 조금 전 아빠에게 들었던 말과 똑같은 말이었다. 목소리 톤까지 똑같았다. 조금만 더 반항하면 엄마도 그녀를 때릴 것이다.

"'건방지다'라는 게 무슨 뜻이에요?"

"바보 같은 소리 그만해!"

"건방진 데다 바보 같기까지요."

엄마가 다가와 MK의 얼굴에 달라붙은 젖은 머리카락을 뒤로 넘겨주었다. 그러고 나서 뚫어져라 바라보았다.

"오늘은 목요일이야." 자신의 말에서 뭔가 정당성을 찾고 싶어 하는 것처럼 보였다. "오늘 오후는 나 혼자 집에 있으면서 좀 쉬고 긴장을 풀고, 모든 문제에서 벗어날 수 있는 날이라는 말이야. 그런데 지금 네가 나타나서 네 아빠하고 싸워서 화가 났다고 나에게 퍼부어대는구나. 화가 날 때마다 뛰쳐나갈 거니? 내 말 잘 들어.

내가 화가 날 때마다 뛰쳐나갔다면 아마 적어도 지구를 세 바퀴는 돌았을 거야. 알겠어?"

"모르는 건 엄마겠지." MK가 고개를 저으면서 말했다.

"나한테 그런 식으로 말하지 마!"

MK가 눈을 감은 바로 그 순간 엄마가 뺨을 때렸다. 아프지 않았다. 아빠에게 다른 쪽 뺨을 맞아서 이제 양쪽이 똑같이 붉어졌을 거라고 생각했다. 그렇지만 다시 패배감, 실망감, 절망감이 몰려왔다.

"왜 때려요?" MK는 눈물을 참으려고 애를 썼다. "나도 이제 열여섯 살이에요. 왜 계속 나를 때려요?"

"젖은 옷 벗어서 세탁기에 넣어. 당장 세탁기를 돌릴 거니까." 엄마가 MK의 말을 무시하며 단호하게 말했다.

MK는 복종했다. 표면적으로 굴복한 듯 고분고분하게 순종했다. 부엌으로 들어가서 옷을 모두 벗었다. 옷이 바닥으로 떨어졌다. 그러고 나서 한꺼번에 옷을 집어 세탁기 안에 넣었다. 세탁기는 열려 있었고 거의 꽉 차 있었다. 소름 끼치도록 추웠다. 뜨거운 물로 목욕을 하고 싶었다.

목욕탕에서 거울 속에 비친 자신의 모습을 바라보았다. 이제 여자가 되었다는 사실을 다시 한번 확인했다.

심지어 엄마보다 조금 더 컸다. 뺨을 바라보고 만져보았다. 한쪽 뺨은 아빠가 때렸고 또 다른 쪽은 엄마가 때렸다. 같은 질문을 다시 해 보았다. '언제까지?' 거울이 흐릿해졌다. 뜨거운 물이 나오고 있었다. 욕조로 들어갔다. 샤워기의 물이 머리카락과 온몸을 적셨다. 손에 비누를 묻혀서 거품을 많이 내 온몸을 문질렀다. 샤워 커튼을 젖히고 거울에 비친 자신을 보았다. 마지막으로 샤워기를 들고 비누를 말끔히 씻어냈다.

몸을 말리고 난 다음에 샤워 가운을 입고 방으로 가서 깨끗한 옷으로 갈아입었다.

"다시 나가려고 하니?" 그 모습을 보고 엄마가 물었다.

"아니요."

"그런데 왜 옷을 그렇게 입었어?"

"그럼 벗고 있을까요?"

"자꾸 열 받게 좀 하지 말고." 엄마가 경고했다.

"제가 하는 일은 뭐든 마음에 들지 않잖아요. 파자마를 입었다면, 그랬다고 나무랄 것이고, 실내복을 입었어도 똑같았을 거예요."

"뚜껑 열리게 하지 말란 말이야!"

"제가요?"

"그래, 너!"

"아니에요. 저랑 함께 있는 것만으로도 엄마 뚜껑은 열리잖아요. 아빠도 마찬가지고. 저는 두 분의 화풀이 대상이에요. 언제나 그랬어요. 어렸을 때부터요. 벌써 잊은 건 아니죠?"

몸속에 있던 맹수는 조련되지 않았다. 게다가 경솔하기까지 했다. 그래서 계속하라고 부추겼다.

"닥쳐!"

"결국 입을 막으려는 거잖아요. 입을 다물라고 하고, 때려서 입을 다물게 하고!"

엄마가 움직일 시간도 주지 않고 MK는 문을 향했고 밖으로 나갔다. 같은 장면을 연달아 두 번이나 했다. 문을 쾅 닫고 온 힘을 다해 계단을 뛰어 내려갔다.

계속 부슬비가 내리고 있었다. 가느다란 비가 부드럽게 떨어지고 있었다. 하지만 뼛속까지 젖어 들게 만드는 끈질긴 비였다. MK는 잠시 그렇게 거리를 달렸다. 어디로 가는지도 몰랐고 왜 그렇게 뛰는지도 몰랐다. 이 길 끝에서 쏟아지는 빛을 만날지도 모른다고 생각했다. 어쩌면 그녀의 삶이 시작된 곳, 하지만 아직도 온 힘을 다

해 움켜쥐고 있는 그 무언가를 말이다.

지쳐 멈춘 MK는 땀이 흐른다는 생각에 이마에 손을 대보았다. 온몸이 비에 흠뻑 젖었다. 빗물과 함께 흘러내려서 얼굴에 붙어 있는 머리카락을 쓸어 올렸다. 다시 한번 삶이 그녀를 막다른 골목으로 몰아붙이고 있다는 느낌이 들었다. 양쪽에 무너지지 않은 담이 있었다. 유일한 탈출구는 되돌아가서 다른 길을 찾는 것이다. 그러나 그럴 준비가 되어 있지 않았다. 그렇다면 방법은 단 하나다. 눈을 감고 앞을 향해 계속 달려가는 거다.

버스 정류장 아래에서 비를 피했다. 중년의 한 부부가 노골적으로 그녀를 바라보았다. 심지어는 시선을 피하지 않고 수군거렸다. MK는 순간 그들이 자신에 대해 어떻게 생각할까 궁금했다. 뭐라고 생각할까? 길을 잃은 청소년? 반항아? 어쩌면 범죄자라고 생각하고 곧 칼을 뽑아 그들을 공격할 거라고 생각할 수도 있다. 칼을 가지고 있지 않아 아쉬웠다.

버스가 도착했다. 부부는 서둘러 버스에 올랐다. 그녀는 휴대 전화를 꺼내 전원을 켰다. 곧바로 최근 통화 기록을 열고 카를로스의 이름을 눌렀다.

“안녕, MK.” 곧바로 카를로스의 목소리가 들렸다.

“제발 나를 좀 도와줘.” MK가 간청했다.

“무슨 일이야?”

“내 옆에 있어 줘. 아까 내 발아래 폭탄이 있다고 이야기했던 거 기억해?”

“응.”

“폭탄을 터뜨리자.”

“진짜?”

“응.”

3
장

MK와 카를로스가 경찰서에 들어가기로 결심했을 때는 이미 한밤중이었고 집에서는 난리가 난 상태였다.

MK의 엄마는 딸이 화가 나서 집을 뛰쳐나간 걸 중요하게 생각하지 않았다. 처음 있는 일도 아니었고 마지막도 아닐 것이다. 그녀는 그랬다. 충동적이고 고집이 셌다. 게다가 어려운 나이였다. 적어도 엄마는 그렇게 설명을 하고 싶었다. 아마도 그렇게 해야 마음이 편했을 것이다. 아홉 시가 넘자 자주 시계를 보았다. 뭔가 잘못됐다. 목요일이고, 다음 날 학교에 가려면 일찍 일어나야 하니까. 열 시 정각이 되어 전남편에게 전화를 걸었다.

"MK랑 같이 있어?"

"아니. 문을 쾅 닫고 나가 버렸는데."

"그게…… 언제야?" 엄마가 다시 물었다.

"몇 시쯤이었는지 모르겠는데." 아빠가 시간을 기억해내려고 했다. "다른 목요일처럼 학교 끝나고 왔어. 말다툼하다가……."

"그건 이미 알고 있고. 그러고 나서 집에 왔거든. 그런데 다시 화를 내며 나가 버렸어."

"그런데 아직 안 돌아왔다고?"

"아직 안 왔어."

"애가 그렇게 늦게까지 돌아다니도록 내버려둔 거야?"

"내버려두지 않았어! 내가 왜 전화를 한 거 같아?"

"그러면, 애가 지금 어디 있다는 거야?"

"나도 몰라. 계속 전화를 하는데, 전화기가 꺼져 있거나 서비스 지역이 아니라는 말만 나와."

"당신이 애를 너무 풀어 줘서 그래." MK의 아빠가 잔소리하기 시작했다. "그러니까 애가 자기 멋대로 하는 거라고. 공부도 안 하고."

"공부하지 않는 게 내 탓이란 말이야?"

"그런 말이 아니잖아. 하지만……."

"그럼 그런 말 하지 마. 학교 공부에 관해서는 이미 최후통첩을 한 상태니까."

"나도 그랬어."

"그렇다면 적어도 우리가 하나는 합의를 본 거네."

"그 애가 멋대로 하도록 허락 못 해……."

"잠깐만! 그럼 나는 허락하고 있다는 말이야?"

두 사람이 화내는 데는 오랜 시간이 필요하지 않았다. 심지어는 전화 통화를 왜 했는지조차 잊어버렸다. 둘은 그 사실을 기억하고 나서야 조금 진정했다.

"애 들어오면 전화를 좀 줘, 꼭."

"알았어. 늦지 않았으면 좋겠네."

"늦어도 전화 줘."

경찰서에 들어가기 전에 카를로스는 MK의 손을 잡고 작은 소리로 말했다.

"잊지 마. 네가 하는 말을 네가 믿어야 해. 그래야 다른 사람들이 네 말을 믿을 거야. 네가 하려는 모든 이야기가 진짜로 일어났다고 믿어. 너한테 진짜로 일어났다고 말이야."

MK가 가볍게 고개를 끄덕였다.

경찰서 건물은 그 거리에 있는 집들보다 조금 안으로

들어가 있었다. 정문 앞의 공간에는 두 대의 경찰차와 버려진 것처럼 보이는 오토바이 몇 대가 주차되어 있었다. 어쩌면 누군가 훔쳐 간 것을 다시 찾았을 수도 있다. 2층 높이에 있는 두 대의 카메라가 모든 움직임을 기록하고 있었다. 입구에 들어가기 전 왼쪽에 유리로 된 통제실 같은 곳이 있었다. 그 안에 경찰관 한 명이 의자 등받이에 등을 기대고 있었다.

"안녕?" 경찰관이 무관심을 들키지 않으려고 애쓰며 정중하게 인사했다.

"안녕하세요?" 카를로스가 먼저 인사를 했다. "신고할 게 있어서요."

"너희가?" 경찰관이 물었다.

카를로스는 누가 더 있나 확인하려는 듯 좌우를 살펴보았다.

"학교 선생님 한 분이 제 여자 친구를 성폭행했어요." 카를로스는 뜸 들이지 않고 경찰에게 바로 요점을 말했다.

경찰관이 의자에서 몸을 일으켰다.

"뭐라고?"

"수업이 끝나고 학생들이 모두 돌아갔을 때 사무실

로 오라고 해서……."

"그만, 그만!" 경찰관이 곧바로 통제실에서 나와서 따라오라고 손짓을 했다.

세 사람은 경찰서 안으로 들어갔다. 텅 빈 현관은 무척 밝았다. 한 명의 경찰관만이 제복을 입고 있었다. 소매를 걷고 책상 위에 있던 파일들을 살펴보고 있었다.

"JJ 경감님께서 나가시는 걸 보지 못했는데요." 통제실의 경찰이 그에게 다가갔다. "경찰서 안에 계신가요?"

"네."

"그럼 이 두 사람을 바로 경감님 사무실로 데려가세요."

"곧바로요?"

"네, 일 초도 지체하지 말고."

일을 하고 있던 경찰관이 파일들을 놓아두고 두 청소년들에게 따라오라고 손짓했다. 다른 경찰이 책상 위에 있던 전화기를 들고 번호를 눌렀다.

"JJ 경감님, 통제실의 벤투라입니다. 사무실로 어린 두 사람을 보냈습니다. 그들이 말하기를……."

MK와 카를로스는 더는 이야기를 듣지 못했다. 둘은 계속 손을 잡고 걸었다. 카를로스가 곁눈질로 MK를 바라보았는데, 그 순간 모든 의심이 사라지고 말았다. MK는 발아래 폭탄을 터트릴 준비가 되어 있었다. 그 이상이었다. 이미 기폭제를 꽉 쥐고 있었다.

MK는 해야 할 말을 여러 번 반복했다. 서툰 배우들이 하듯이 그저 외운 말 몇 마디를 늘어놓아서는 안 된다는 걸 알았다. 역할 속으로 들어가 살며 그 일을 믿고 온 마음으로 느껴야 했다. 그렇게 된다면 말들은 알아서 날아갈 것이다. 그리고 예행연습 없이 즉흥적으로 해내야 했다. 경찰서에 어느새 소문이 퍼져 큰 관심을 끌고 있었다. 경찰들이 수군거리며 움직였다. 그러나 예민한 사건이라 조심스러운 분위기였다.

JJ 경감은 두 청소년을 사무실로 들어오게 한 다음 두 명의 경찰관에게도 들어와서 첫 진술을 받아 적으라고 했다. JJ 경감은 두 청소년의 말을 더 자세히 들어야 했다. 시계를 바라보았다.

"금요일 새벽 한 시 십오 분." 두 경찰관이 진술의 서두에 받아 적도록 하려는 듯 말했다.

카를로스가 먼저 말을 꺼냈다. 통제실의 경찰에게 했던 말과 똑같이 이야기했다.

"너는 학교 밖에서 기다리고 있었니?" 경찰 중 한 명이 물었다.

"네, 쉬는 시간에 통화하고 학교 끝날 때 기다리겠다고 했습니다." 카를로스가 대답했다.

JJ 경감은 두서없이 말하는 저 아이의 말은 전혀 도움이 되지 않는다고 바로 판단했다. 그는 그곳에 없었다. 그녀의 증언이 중요한 것이다. 그러나 아주 조심해야 했다. 다시 한번 책상에 놓여 있던 그녀의 신분증을 보았다. 미성년자였다. 우선 부모에게 알려야 했다. 하지만 그 전에 계속 입을 열지 않는 여학생의 말을 듣고 싶었다. 비슷한 사건이 아무 일도 아닌 것으로 끝났던 일이 많았다. 어린아이의 장난이나 무척 나쁜 의도를 가진 장난이었던 적이 여러 번 있었다.

"친구……. 아니면 남자 친구가 하는 말이 사실이니?" 경감이 MK에게 물었다.

MK가 다른 MK로 변화하는 순간이었다. 같은 사람이지만, 일어나지 않은 사건으로 변화된 MK가 되어야 했다. 모든 사건의 의미를 바꿀 만큼 그 사건을 내면화시켜야 했다.

"네." 분명하게 대답했다.

"누가 언제, 어디서였는지 기억하니?"

"L 생물 선생님이에요. 시험지를 확인하려고 수업 끝나고 사무실로 오라고 하셨어요." MK가 용감하게 말했다. 그러나 한순간도 괴롭고 보호받지 못했고 혼란스러워하는 느낌을 버리지 않았다. 자신이 말하는 것보다 훨씬 더 진짜처럼 보여야 했다.

"어떻게 일이 일어났는지도 기억하겠구나."

"네."

"그러면 그 선생님이 행위를 마쳤니? 내 말을 이해할지 모르겠는데, 그러니까……."

"이해해요." MK가 대답했다. "네, 마쳤어요."

그 여학생의 확신은 단호했다. JJ 경감이 받은 첫 번째 인상은 거짓말을 하고 있지 않다는 것이었다. 이 사건을 무척 진지하게 받아들여야 했다. 이러한 사건은 사회적 반향이 무척 크다는 것을 경험으로 알고 있었다. 무척 신중해야 했고 경솔하거나 무분별한 말을 해서는 안 될 일이다. 이런 사건의 경우에는 뉴스가 너무나도 빠른 속도로 퍼져나가 다음 날이면 경찰서 앞에 보도할 권리를 요구하는 기자들 무리가 넘쳐 날 것이다. 그런 권리가 또 다른 수많은 권리를 짓밟는 경우가 많지만 말이다.

JJ 경감은 숨을 몰아쉬며 계속 입술을 깨물었다.

"부모님께는 아무 말도 안 한 것 같은데."

"안 했어요."

"그렇다면 그 일이 먼저인데." 경감이 설명했다. "미성년자이기 때문에 부모님이 여기에 함께 있어야 해."

"부모님은 이혼했어요."

"상관없어. 전화번호 있지?"

MK는 바지 주머니에서 휴대 전화를 꺼내서 다시 켰다.

"꺼져 있었어요." 변명하듯 말했다.

"이해해."

MK가 부모님의 연락처를 찾아서 경감에게 보여 주었다. JJ 경감이 종이에 번호를 적고 두 명의 경찰관 중 한 명에게 주었다.

"즉시 연락을 취하도록."

"네, 알겠습니다."

경찰이 사무실에서 나가려고 했다. 그때 경감이 새로운 임무를 주었다.

"아! 심리 치료사도 찾아야 해."

"네, 알겠습니다."

이십 분이나 지나서야 MK의 아빠와 엄마가 경찰서에 도착했다. MK는 그 시간이 영원처럼 느껴졌다. 카를로스는 이제 더는 MK를 도와줄 수 없으리라는 사실을 알았다. 그저 옆에 있어 주고 싶었다. 단순히 옆에 있어 주는 것만으로도 힘을 주고 용기를 줄 것이라고 생각했다. 경감은 MK를 진정시키려고 애를 썼다. MK는 침착해 보였지만 말이다. 그래서인지 JJ 경감은 알맹이 없는 말을 반복했고, 그녀는 그저 고개를 끄덕이면서 대답했다.

"침착해야 해."

"필요한 것이 있으면 언제든 부탁해라."

"이제 됐어. 다시는 그런 일이 일어나지 않을 거다. 우리를 믿어."

"일어난 일에 대해 모두 진술을 해야 할 거야. 하지만 부모님이 언제나 옆에 계실 거다."

"두려워하지 마."

이런 비슷한 말들이었다.

한마디 한마디 말을 끝낼 때마다 경감은 시간을 체크하면서 해야 할 일이 있는 듯 시계를 보았다. 사건을 신고 접수해야 했다. 철저하게 모든 것을 밝히는 신고는 무척 어려운 일이 될 것이다. 그래서 부모님 외에도 심리 치료사가 함께 있어야 했다. 예상대로 모든 것을 인정하면 제일 먼저 병원으로 데리고 가서 검진을 받게 해야 했다. 그건 무척 중요한 일이었다. 왜냐하면, 그녀의 옷이나 몸에서 폭행범의 흔적을 발견할 수 있을지도 모르기 때문이다. 그 L 생물 선생님의 범죄를 밝혀줄 단서 말이다.

JJ 경감은 자신의 아이들, 아들과 딸을 생각했다. 둘 다 고등학생이었다. 그래서 그의 자식들 중 누구에게 이런 일이 일어났다면 어떻게 반응했을지 상상해 보려고 했다. 이상한 느낌이었다. 이성적인 생각이 사라지고 머릿속에서 끔찍한 공격적인 발언만 떠올랐다.

'L 선생! 넌, 끝났어!'

그러고 나서 자신의 일과 이루어 놓은 지위를 기억했다. 그 자리까지 이른 것은 충동에 따라 행동하지 않고 감정에 굴복하지 않았기 때문이라는 사실을 너무나 잘 알고 있었다. 다시 한번 그 자세가 필요했다.

복도에서 웅성거리는 소리가 들렸다. 여학생의 부모들이 도착했을 것이다. MK는 아무 반응도 보이지 않았다. 심지어 고개조차 돌리지 않았다. 자신에게 집중하는 것처럼 보였다. 그런 일을 겪은 데 대해 괴로워하고 또 끔찍한 심리적 후유증을 겪는 게 분명했다. JJ 경감은 일어나서 복도로 나갔다. 실제로 MK의 아빠와 엄마가 그곳에 있었다. 각자의 집에서 출발했지만, 같이 도착했다.

"JJ 경감입니다." 자신을 소개하고 손을 내밀었다.

"제 딸에게 무슨 일이 일어났나요?" 엄마가 무척 흥분해서 물었다.

"어디 있습니까?" 아빠도 물었다.

JJ 경감은 잠시 침착하라고 애원하듯이 손을 펼쳐 보였다.

"잘 있습니다. 이제 만나실 수 있습니다. 따님이 신고를 하려고 하니, 부모님께서 옆에 계셔야 합니다."

그 순간 심리 치료사로 보이는 중년의 여성이 도착했다.

JJ 경감은 이제 민첩하고 전문적으로 행동해야 했다.

"저를 따라오십시오." 방금 도착한 사람들에게 말하고 넓지만 조금 어수선한 큰방으로 그들을 안내했다. 그곳에서 고소해야 한다고 생각했다.

"제 딸은 어디에 있습니까?" 그곳에 딸이 없다는 것

을 확인한 엄마가 눈에 띄게 예민해져서 물었다.

경찰서의 어수선한 분위기에서 벗어나자 경감은 MK의 부모님에게 말을 돌리지 않고 단도직입적으로 이야기했다.

"따님이 몇 시간 전에 성폭행을 당한 것으로 추정됩니다."

MK의 아빠와 엄마가 서로를 바라보았다. 그들의 놀라움은 형태와 몸을 갖춘 듯 분명하게 느껴졌다. 두 사람 모두 숨이 막히고 온몸이 굳어져 아무도 입을 열 수 없었다. 엄마는 눈을 감았고 다시는 눈을 뜰 수 없을 것 같았다. 하지만 다시 눈을 떴을 때 눈물이 폭포처럼 쏟아졌다.

JJ 경감은 계속 자신의 업무를 이어갔다. 이성이 감정에 굴복하면 안 되었다.

"아주 강해지셔야 합니다. 무엇보다 따님이 괜찮기를 바라야지요." 그들에게 말했다. "이제 따님을 만나러 갈 겁니다. 무슨 일이 일어났는지 진술을 하게 될 겁니다. 미성년자이기 때문에 부모님께서 모든 순간에 함께하셔야 합니다."

"누가 그런 짓을 했단 말인가요?" 아빠가 분노의 표시로 주먹을 꽉 쥐고 물었다.

"따님 옆에서 애정과 믿음을 보여 주시고 이해한다는 마음을 전해 주십시오." 경감은 아빠의 질문을 들은 척도 하지 않고 계속 이야기했다. "이런 순간에 꼭 필요한 일입니다. 하지만 무엇보다 따님이 안정을 취할 수 있도록 저희의 일을 힘들지 않게 해 주십시오."

MK의 아빠도, 엄마도 어떻게 삶이 한순간에 갑자기 변할 수 있는지 이해할 수 없었다. 이렇게 큰 균열의 고통을 주는 극단적인 변화는 지금까지 없었다. 단 몇 초 사이에 고통이 없는 곳에서 고통 속으로 넘어오고 말았다. 단지 그것뿐이었다. 그러나 단순한 육체적인 고통이 아닌 잔인하고 날카롭게 후벼 파는 고통이었다. 가장 깊은 곳 내면의 감정, 삶과 사물의 본질을 괴롭히는 고통이라, 한번 부서지면 도저히 다시는 돌이킬 수 없는 그런 아픔이었다. 마음속의 상처지만 지워지지 않는 흉터로 영원히 남게 될 것이었다.

아빠는 엄마를 끌어안았다. 그리고 엄마는 불가능한 위로를 찾으면서 그의 몸에 기대었다.

"제가 말씀드린 것을 기억하십시오." MK를 만나러

가기 전에 JJ 경감이 말했다.

MK는 두 명의 경찰관과 함께 경감의 사무실에 있었다. 카를로스는 무엇을 해야 할지 무슨 말을 해야 할지 알 수 없었지만, 아직 그곳에 있었다. 그녀가 사건의 고삐를 쥐고 있었고 그는 그 사건에서 멀어질 수밖에 없다는 걸 잘 알고 있었다. 사무실로 돌아온 경감이 카를로스에게 말했다.

"자네는 이제 가도 좋네. 다음에 다시 부르도록 하지."

카를로스는 당황해서 자리에서 일어났다. 경감이 경찰서를 나가라고 했기 때문이다. 한편으로는 떠나고 싶었다. 그곳의 공기가 숨쉬기 힘들었고 기분 나빴기 때문이다. 그러나 MK만 남겨둘 수 없다는 생각도 들었다. 어쨌든 그 모든 것은 카를로스의 생각일 뿐이었다.

"그런데 만일……." 조금 긴장해서 말을 더듬었다. "그런데 만일 그녀가 제가 남아 있기를 원한다면, 제가 함께하기를 원한다면요……."

JJ 경감이 MK에게 물었다.

"여기 남아 있는 편이 낫겠니?"

"아니요." MK가 분명히 고개를 저으며 대답했다.

카를로스는 남자 친구의 역할을 완벽하게 해내고 싶었다. 고통스러워하고 슬퍼하는 모습을 보이면서 한편으로 모든 순간 MK의 아픔에 함께하는 남자 친구의 역할 말이다. MK에게 다가가서 목까지 내려온 머리카락을 부드럽게 어루만지며 눈을 똑바로 바라보았다. 그러고 나서 뺨에 키스하며 아무도 알아들을 수 없는 말을 귓가에 속삭였다.

어수선한 조사실에서 경찰은 MK의 첫 번째 진술을 받았다. 부모님은 눈물을 흘리며 그녀를 끌어안은 다음 뒤로 물러나 심리 치료사 옆에 자리잡았다. 심리 치료사는 태블릿에 때로는 볼펜으로 작은 메모지에 끊임없이 무언가를 적고 있었다.

사건 이야기를 들으면서 모두 놀라움을 금치 못했다. MK는 쉬지 않고 계속해서 이야기를 털어놓았다. 확신에 차서 이야기를 풀어 나갔고 감정을 억누르고, 그렇지 못하는 순간에도 완벽하게 감정을 통제했다. 가장 어둡고 치욕적인 순간을 언급할 때조차 목소리가 떨리지 않았다. 심지어 엄마의 울음소리에도 전혀 흔들리지 않았다. 앞에 보이는 벽에 아주 작은 금이 가 있는 것을 발견하고 거의 보이지 않는 그 틈에 시선을 고정했다. 도움이 되었다. 손끝 하나 움직이지 않은 채 입만 제외하고는 온몸이 굳어 있었다. 그 벽의 그 작은 틈에 그녀의 뛰어난 연기의 열쇠가 있는 것 같았다.

그러나 엄마는 의자에 불이라도 난 듯 한순간도 가만히 있지 못했다. 긴장감이 그녀를 망가뜨리고 있었지만, 눈물로 어느 정도 해소되기는 했다. 아빠는 딸에게서 눈을 떼지 않았다. 딸은 옆모습만 보였다. 때때로 자신을 원망했지만, 한 가지 생각밖에 없었다. 그 선생님을 찾아서 목뼈가 부서지는 소리가 날 때까지 목을 조르는 것이었다.

"됐어." 갑자기 JJ 경감이 말했다.

MK는 입을 다물었다. 그러나 움직이지 않았다. 비밀 은신처가 되어 버린 벽의 틈에서 눈길을 떼지 않았다.

JJ 경감이 MK에게 다가가서 그녀와 벽 사이에 섰다.

"이제 병원으로 가게 될 거야." 그녀에게 말했다. "의학적 검사를 받게 될 거야. 꼭 해야 하는 일이지. 기분 좋은 일이 아니라는 사실은 알고 있지만, 무척 중요한 일이란다."

"네." 모든 절차를 받아들일 준비가 되어 있는 MK가 대답했다.

"그 일이 있고 난 뒤에 목욕을……." 경감이 말을 끝내지 못했다.

"네, 오후에 샤워를 했어요."

경감이 난처한 듯 고개를 저었다. 경험에 따르면 한 번의 가벼운 샤워로도 가해자의 흔적이 지워질 수 있기 때문이다. 그러나 이런 일 또한 흔한 일이라는 사실에도 익숙했다. 특히 어린 여자아이들의 경우에는 더 그랬다. 폭행을 당한 뒤에 자신이 더럽다고 느끼고 제일 먼저 하는 일이 샤워기 아래에서 비누로 온몸을 박박 문지르는 경우가 많았다.

MK는 엄마와 다투면서 엄마의 집에서 샤워했던 사실을 기억했다. 그 순간에는 뜨거운 물줄기가 얼마나 중요한지 생각하지 못했지만, 이제 샤워를 했다는 사실에 마음이 놓였다. 왜냐하면 그 샤워가 그녀의 이야기에 신빙성을 잃지 않게 하는 데 큰 도움이 될 것이었다. 그것은 그녀의 몸에서 어떤 흔적이나 증거도 발견되지 않도록 하는 완벽한 알리바이가 되었고, 결국 L 선생님을 더욱 무방비 상태로 만들 중요한 요소였다.

심리 치료사가 가방에 태블릿과 메모지를 넣으며 MK에게 다가갔다. 그리고 그녀의 어깨에 손을 얹었다.

"나는 마리아 호세야." 소개하듯 말했다. "나는 너를 도와주기 위해 여기에 있는 거야. 네가 지금 어떤 느낌일지 알아. 하지만 나를 믿어도 돼. 내가 필요할 때 네 옆에 있을게."

MK는 연기를 완벽하게 해냈다는 사실을 깨달았다. 경찰과 부모님을 속였고 심지어는 비슷한 사건에 경험이 많아 보이는 심리 치료사까지 속였으니 말이다. 그러나 MK는 이제 겨우 시작이며, 앞으로 가야 할 길이 멀다는 사실도 알았다. 한순간도 긴장을 늦추어서는 안 되었다.

'이 모든 일이 지나가면 배우가 될 거야.' 뻔뻔하고 천박하게 이런 생각까지 했다. 그러고 나서 L 선생님의 모습이 머리에 떠올랐다. 아직도 그를 증오하고 있었다. 이제 복수가 시작되었다. 멈출 생각은 없었다. 왜냐하면 이 연기는 단순한 복수 이상이었기 때문이다. MK의 발아래에서 폭발을 기다리는 다이너마이트의 도화선에 불을 붙이는 일이었다. 만화 영화에서 일어나듯 그 끔찍한 폭발 뒤에 그을음이 온 세상에 퍼져 나갈 것이다. 그녀를 그토록 고통스럽게 만들었던 모든 것들이 숯처럼 까맣게 변해 버릴 것이다.

4
장

경찰차 두 대가 쉬는 시간에 학교에 도착했다. 아이들이 운동장에 가득 찬 시간이었다. 어떤 아이들은 농구장에서 놀고 있었다. 또 어떤 아이들은 무리를 지어 샌드위치를 먹으면서 이야기를 나누고 있었다. 몇몇 커플은 건물로 들어가는 계단에서 사랑의 선물을 나누고 있었다. 심지어 밖으로 나가려고 허가증을 받은 상급생들도 있었다. 파란불이 깜박이는 경찰차를 보고 모든 학생의 시선이 집중되었다. 학교에 경찰이 찾아온 게 처음 있는 일은 아니었다. 학교에 마약을 들여오려고 학생을 이용한 마약 판매상의 흔적을 따라 경찰이 학교까지 왔던 적이 있었다. 모든 학생이 제일 먼저 그 사건을 떠올렸다. 심지어 구체적인 이름까지 거론하면서 내기를 하기도 했다.

두 명의 경찰은 정문 앞에 남았고 다른 경찰 한 명과 JJ 경감이 학교 안으로 들어갔다. 철문에서 강의실과 다른 시설들이 있는 학교 건물까지의 거리는 약 30미터 정도 거리였다. 입구에는 푯말이 붙여진 나무가 있는 정원이 있었다. 그들이 들어오는 것을 본 경비원이 재빨리 그들에게 달려 나갔다. 그들을 첫 번째로 맞이하고 싶었고, 또 짐작하겠지만, 그들의 방문 목적이 궁금했기 때문이다. '또 마약 문제일 거야.', '버르장머리없는 녀석들한테 뭘 기대할 수 있겠어?'

"저는 이 학교의 경비원입니다." 유니폼을 입고 있다는 사실을 잊은 채 경비원이 인사했다.

"교장 선생께 알려 주십시오."

"교장 선생께요?"

"교장 선생께." JJ 경감이 말했다.

현관문 쪽을 향해 걸어가면서 경비원은 경감을 돌아보았다.

"또 마약 사건이죠? 언제나 제가 말했지요. 요즘 아이들은 게으른 것 말고는 잘하는 게 없다고요. 제 경험에서 우러나오는 말입니다. 여기서 오랫동안 일했으니, 아시겠죠? 못 볼 꼴까지 다 봐왔다니까요. 전 애들을 다 파악하고 있어요. 멀리서도 한눈에 알아볼 수 있죠……."

"즉시 교장 선생께 알려 주시오." 헛소리를 더는 듣고 싶지 않았던 경감이 퉁명스럽게 말을 끊었다.

기분이 상한 경비원은 걸음을 재촉해서 건물 로비로 들어갔다. 경찰들이 문 앞에 멈췄다. 소란하던 학교가 단 몇 초 만에 조용해졌다. 드문 일이었다. 학생들의 움직임이 마치 사진기에 포착되듯 갑자기 멈췄다. 모든 학생이 경찰들을 바라보았다. 순간 경비원의 뒤를 따라 복도를 성큼성큼 걸어오는 교장 선생님이 보였다. 경비원은 빠른 걸음으로 교장 선생님의 뒤를 따라왔다. 교장 선생님이 경찰들 앞에 섰다.

"안녕하십니까. 제가 이 학교 교장입니다."

JJ 경감이 신분증을 꺼내 보여 주었다.

그 순간 교장 선생님은 경비원이 등 뒤에 바싹 붙어 있다는 사실을 알아차렸다. 갑자기 그를 돌아보고 더는 못 참겠다는 듯 소리쳤다.

"빨리 자리로 돌아가세요!"

그제야 경비원은 그곳을 떠나 중얼거리며 경비실로 향했다. 교장 선생님은 경찰들에게 교장실로 가자고 했다.

"제 사무실에서 조용히 이야기를 나누는 것이 좋겠습니다."

"쉬는 시간에 찾아와서 죄송합니다." JJ 경감이 사과했다.

"확실히 좋은 때는 아니지요."

"하지만 사건이 워낙 시급합니다."

교장 선생님은 경찰들에게 자리에 앉으라고 권했지만, JJ 경감은 손짓으로 앉기를 거부했다.

"좋습니다." 교장 선생님은 어쩔 수 없다는 듯 어깨를 으쓱했다. "무슨 일인지 말씀하시겠어요?"

그러자 JJ 경감은 자신의 스타일대로 말을 돌리지 않고 본론을 꺼냈다.

"어제 학교 안에서 한 선생님이 여학생을 성폭행하는 일이 일어났습니다."

"네?" 교장 선생님은 쓰러지지 않으려고 두 손으로 책상을 잡아야 했다. "그렇게 말씀하시는 증거가 있습니까?"

"그 학생이 고소를 했습니다."

"그 학생이 누구입니까?"

"MK입니다. 아는 학생인가요?"

"네, 물론입니다. 하지만……. 믿을 수가 없군요."

"그 학생에 대해 이야기를 좀 해 주시지요."

"한 번도 제가 수업을 해 본 적은 없습니다만, 들어서 알고는 있습니다. 어려운 학생이라고요."

"'어렵다'라는 말이 무슨 뜻입니까?"

"반항적이고 문제를 일으키고……. 무척 영리한 학생인데, 공부하려고 하지 않는다고 선생님들이 말씀하십니다. 이미 징계를 받은 적이 있어요. 그리고 또 경고를 받았지요."

"무슨 경고 말씀인가요?"

"다음번에는 매우 심각할 거라고요. 하지만 전혀 신경 쓰지 않는 것 같았습니다. 멀리 갈 것도 없이 어제 그 학생이 교문을 발로 찼다고 경비원이 말해 줬어요. 화를 내는 것처럼 보였다고요."

"그게 몇 시였습니까?"

"하교 시간 조금 뒤였어요. 무슨 일인지 학교에 잠시

남아 있었나 봐요. 그리고…….”

“한 선생님이 시험지를 살펴보려고 MK를 교사실로 불렀기 때문에 남아 있었다고 해요.”

교장 선생님은 순간 입을 다물고 잠시 생각에 잠겼다. 만일 어떤 선생님이 사무실로 불렀다면, 그건 그 선생님이 이 일을 저지른 사람이라는 뜻이었다.

“어떤 선생님입니까?” JJ 경감이 갑자기 물었다.

“생물 담당 L 선생님입니다. 혹시, L 선생님이에요?” 교장 선생님의 놀라움은 커져만 갔다.

“바로 그 선생님입니다.”

“그 학생 말은 믿을 수 없어요.” 교장 선생님이 여러 차례 고개를 저었다. “우리 학교 어떤 선생님도 그런 일을 할 거라고 믿지 않습니다. 더구나 L 선생님은요.”

“오래 알고 계셨습니까?”

“아닙니다. 새로 부임한 교사입니다. 하지만 보기만 해도…….”

“겉모습만 보고 판단할 수는 없습니다.”

“조금 특이하긴 해요. 뭐랄까 조금 외로운 사람, 그렇지만…… 있을 수 없는 일이에요.” 교장 선생님은 자신에게 말하는 것처럼 고개를 저었다. “어제 퇴근길에 제 자동차가 있는 곳까지 함께 걸어갔어요…….”

JJ 경감은 뭔가 분명하게 해야 할 일을 만난 듯 가볍게 인상을 썼다.

“어제 함께 퇴근하셨다는 말씀입니까?”

“네, 처리할 일이 있어서 조금 늦게 나갔습니다. 로비에서 만나서 함께 나갔지요.”

“그렇다면 MK가 발길질한 사건 이후겠네요?” JJ 경감이 다시 물었다.

“그 바로 뒤지요. 정확하게 경비원이 그 이야기를 하고 있을 때 L 선생님이 나오는 걸 보았습니다.”

“그러니까 MK도 그렇고 L 선생님도 그렇고 다른 학생보다 늦게 학교를 나왔네요.”

“그런 것 같습니다만…….” 교장 선생님이 말을 더듬었다.

“먼저 학생이 교문을 치고 나갔고, 조금 뒤에 L 선생님이 나갔고, 교장 선생님과 만났고요.”

“두 사람이 약간의 시간 차이를 두고 학교를 나갔다고 해서…….”

“소름이 돋을 정도로 그 학생의 이야기에 모든 퍼즐 조각이 맞춰지고 있습니다. 저희는 L 선생님이 집에 없어서 학교로 왔습니다. 어젯밤에 집에서 잠을 자지 않았더군요. 지금 학교에 있습니까?"

"네, 몇 분 전에 학교 식당으로 들어가는 걸 봤어요."

"체포하러 가야겠습니다."

교장 선생님은 정신이 멍해져 아무 반응도 할 수 없었다. 하지만, 애써 마음을 가다듬었다.

"L 선생님이 시험지를 검토하려고 사무실로 MK를 부른 건 맞아요. 하지만 이건 흔한 일이에요. 학생 시절을 한번 생각해 보세요. 시험지 검토를 부탁 한 번 안 해 본 학생이 있을까요? 하지만 그렇다고 해서 경감님께서 추측하시는 것처럼……."

"아무것도 추측하지 않습니다." JJ 경감이 항변했다. "사실을 뒷받침하는 고소가 있었고, 반대의 가정을 입증하지 못하고 몇몇 의심을 확인시켜 주는 일들이 있으니까요."

"하지만 경감님께서도 거짓 고소가 있었던 사례를 알고 계시잖아요."

"물론 알고 있습니다. 틀림없이 저희도 신중하게 행동했고 앞으로도 그럴 것입니다. 이제 식당으로 가도 될까요?"

교장 선생님은 더는 할 수 있는 일이 없다는 사실을 깨달았다. 하지만 머릿속에 식당의 풍경이 떠올랐다. 쉬는 시간이라 학생과 선생님으로 꽉 차서 정신없을 것이다. 모두가 보는 앞에서 경찰이 L 선생님을 체포하는 장면을 상상해 보았다. 그가 유죄라면 그러한 부끄러움을 피할 수 없을 것이다. 그러나 그가 무죄라고 확신하고 있는 이상 다른 방식으로 일을 처리하고 싶었다.

"괜찮으시다면, L 선생님에게 교장실로 오라고 연락하겠습니다. 조금 신중해서 나쁠 것은 없지요."

"원하시는 대로 하십시오."

교장 선생님이 전화를 걸었다. 지체하지 말고 L 선생님을 찾아서 교장실로 오도록 하라고 이야기했다. '급한 일이라고' 한마디 덧붙였다.

그래서인지 채 이분이 지나지 않아 노크 소리와 함께 문이 조금 열렸다.

"부르셨습니까?" 문틈으로 L 선생님이 물었다.

"네, 들어오세요." 교장 선생님이 대답했다.

경찰을 본 L 선생님은 이상한 느낌을 감출 수 없었다. 경찰들을 잠시 보고 나서 교장 선생님을 보았다. 아무도 말을 꺼내지 않아 혼란스러웠다.

"생물 담당 L 선생님입니까?" 마침내 JJ 경감이 물었다.

"네."

"당신을 체포합니다."

L 선생님은 뭔가 설명을 구하려는 듯 다시 교장 선생님을 바라보았다.

"그런데, 무슨 일이지요?" 그가 물었다.

교장 선생님은 시선을 다른 데로 돌리고 여러 번 고개를 저었다. 잠을 설칠 정도로 쌓였던 학교의 모든 문제가 사라지고 예상치도 못한 다른 차원의 문제가 들이닥쳤다.

경찰관 중 한 명이 앵무새처럼 그의 권리를 읊었다.

"무슨 혐의로 이러시는지 말씀해 주시겠습니까?" 선생님은 경찰관이 키를 쥐었다는 걸 느끼고 물었다.

"성폭행입니다." 경감이 대답했다. "피해자는 미성년자이고 더구나 당신의 학생이라는 사실로 가중 처벌될 수 있습니다."

이 말을 하면서 JJ 경감은 L 선생님을 뚫어져라 바라보았다. 그의 표정을 하나도 놓치고 싶지 않았다. 오랜 세월 경찰로서의 경험에 따르면 그러한 고소 앞에 얼굴이 변하지 않는 사람은 하나도 없었다. 그의 몸짓에서 모든 것이 다 드러날 것이라고 믿으면서 하나하나 분석해 보고 싶었다. 그러나 그의 생각대로 되지는 않았다. 왜냐하면 L 선생님은 침착하게 말을 하고 있었다. 그 어떤 움직임도 보이지 않았고 심지어 인상을 쓰지도 않았다. 그의 눈은 경찰의 눈을 응시하고 있었고, 그가 유일하게 표현하는 건 그러한 상황에서 너무나 당연한 놀라움이었다. 몇 초가 지나자 그의 눈은 초점을 잃었다. 그의 시선은 내면으로 돌아간 것 같았다. 그 해답을 내면에서 찾으려는 듯 보였다.

"전혀 이해하지 못하겠습니다." 그의 말은 속삭임에 지나지 않았다.

"저희와 함께 가셔야겠습니다." JJ 경감은 이렇게만 말했다.

L 선생님이 고개를 끄덕였다.

경찰관 한 명이 팔을 붙잡고 손목을 모았다. 그러고 나서 아주 노련하게 수갑을 채웠다. L 선생님은 앞에서 일어나는 일을 믿을 수 없다는 듯 수갑을 바라보고만 있을 뿐이었다.

교장 선생님이 시계를 바라보았다. 쉬는 시간이 끝나려면 삼 분 남았다. 곧 모든 학생이 교실로 돌아갈 것이다. 이 소식은 먼지처럼 곧바로 퍼져나갈 것이 틀림없었지만, 적어도 L 선생님이 무슨 위험한 범죄인이라도 되는 듯 수갑을 찬 채 두 명의 경찰관에게 끌려 복도와 로비와 운동장을 지나가는 모습만은 보이지 않기를 원했다.

"오 분만 기다려주실 수 있겠습니까?"

"왜요?"

"삼 분 뒤면 수업 종이 울릴 거예요. 모든 학생이 교실로 들어갈 것입니다. 그리고 선생님들이……."

"알겠습니다." JJ 경감이 말을 끊었다. "종이 울릴 때까지 기다리겠습니다."

교장 선생님은 삼 분이 그렇게 길게 느껴진 적이 없었다. 다시 경감에게 자리를 권했지만, 또 거절해서 같이 서 있었다. 교장실 벽에 걸려 있는 시계를 계속 바라보았다. 그러고 나서 자신의 시계를 바라보았다. 마치 둘 중 하나는 믿을 수 없다는 듯이.

교장 선생님은 JJ 경감을 유심히 관찰했지만, 그의 얼굴에서 이렇다 할 단서를 찾기 어려웠다. 영화에서나 보던 이해할 수 없는 얼굴이었다. 굳은 표정에 입체파의 그림 같은 면도 보였고 작은 눈은 살짝 패여 있었다. 그의 얼굴에서는 어떠한 명확성도 단순한 경찰 절차를 넘어서는 설명도 찾아볼 수 없었다. 언제나 규정에 얽매인 사람처럼 보였다.

교장 선생님은 다시 L 선생님을 돌아보았다. 모든 사람이 이상한 사람이라고, 행동하는 방식이 이상하고 뭔가 외로워 보이고 내성적이고 고독한 사람이라고 생각하는 그를. 게다가 키는 너무 컸고 목은 기린처럼 길어서 볼품없어 보이는 외모로 더 특이해 보였다. 그러나 너무 커서 균형이 잡히지 않았다고까지 느껴질 그의 눈은 여러 가지를 이야기하고 있었다. 그 눈이 전하고 있는 모든 것들 위로 단 하나의 이야기가 두드러졌다. '저는 무죄입니다.' 그렇지만 교장 선생님은 확실히 하고 싶었다. 그래서 그에게 다가가서 똑바로 바라보았다.

"선생님이 했나요?" 말을 돌리지 않고 단도직입적으로 물었다.

"안 했습니다." 입에서 말이 나오기 전에 이미 그의 눈이 대답하고 있었다.

"하지만 어제 사무실에 그 여학생과 함께 있었지요?"

"네."

JJ 경감이 교장 선생님의 질문을 눈에 띄게 불편해 하면서 끼어들려고 했다.

"경찰이 경찰의 일을 하도록 우리에게 맡기셔야지요."

"당신들의 일을 방해하는 것이 아닙니다."

"질문하는 것은 경찰의 일입니다."

"제 일이기도 해요."

팽팽한 긴장 속에 침묵이 이어졌다. 이번에는 JJ 경감이 벽에 걸린 시계를 보았다. 막 종이 울릴 시간이었다.

"우리는 마지막 시험지를 검토했어요." L 선생님이 말했다. 혼잣말하는 것 같았다. "친구의 시험지를 모두 베꼈는데, 잘못 베끼기까지 해서 그걸 보여 주었어요. 그 학생은 어떻게든 이번 시험을 통과해야 한다고 말했죠. 그리고 저는 절대로 통과시킬 수 없다고 했고요."

표정으로 보아 그 여학생과 만났을 때 있었던 일을 모두 떠올리며, 생각에 깊이 잠겨 있는 것이 분명했다.

종소리가 들렸고 이어서 복도에서 학생들이 움직이는 소란스러운 소리가 들렸다.

L 선생님은 MK가 퍼부었던 수많은 욕설을 기억했다. 모두 무척 심한 말이었고 다시 입에 담을 수조차 없는 욕이었다. 그러나 사건이 발생한 그 순간, 그는 그런 말들을 마음에 담아두지 않기로, 무시하기로 그리고 그것

을 MK가 당시 겪고 있던 극도의 긴장 때문이라고 이해하려고 결심했었다. 그 반응은 분명 일반적인 반응이 아니었다. 그 학생에게 틀림없이 개인적인 문제나 가정에 문제가 있으리라 생각했다. 두 가지 문제 모두 있을 수도 있었다. 그는 상담사는 아니었지만, 교사 경험으로도 충분히 직감하고도 남을 일이었다. 그래서 그 사건을 잊어야겠다고 생각했고 당연히 열어야 할 징계 위원회도 열지 않겠다고 결심했다. 심지어는 MK를 사무실로 다시 불러서 좀 더 편안하게 대화를 하고 시험을 통과시킬 방법을 모색해 보려고 했었다.

그러나 L 선생님의 이 모든 계획은 한순간 산산조각이 나 버렸다.

학교 전체가 쥐죽은 듯 조용해졌다. JJ 경감이 기다리던 순간이었다. 교장 선생님은 교장실 문을 열고 복도 양옆을 살펴보았다. 아무도 없었다.

"이제 모두 교실로 들어갔어요." 간신히 이렇게 말했다.

JJ 경감은 두 명의 경찰에게 신호를 보냈다. 이 두 사람은 아무런 저항도 하지 않는 L 선생님의 팔을 잡고 교장실을 나갔다.

그들은 로비에서 어쩔 수 없이 경비원과 마주쳤다. 경비원은 이 행렬을 보고 눈이 휘둥그레졌다. 조용히 자기 자리를 지키면서 모르는 척하는 것이 최선이었다. 그래서 경비실로 들어갔다. 그건 최선의 선택이었다. 왜냐하면, 유리창을 통해서 하나도 놓치지 않고 모든 장면을 다 볼 수 있었다. 자신의 예상이 완전히 빗나간 걸 깨닫고 혼란스러웠다. 선생님 한 명에게 수갑을 채워 데리고 간다는 것은 상상조차 못 했던 일이었다.

'대체 일이 어떻게 돌아가는 거야?' 경비원은 생각했다.

교장 선생님은 두 대의 경찰차가 세워져 있는 학교 정문까지 함께 갔다. 경감이 악수를 청하자 손을 잡았다.

"무슨 일을 하고 계신 건지 잘 아셨으면 합니다."

"저의 의무를 수행할 뿐입니다. 사건으로 보아서 이렇게밖에는 할 수 없습니다."

교장 선생님은 무심하게 경감의 말을 들었다. 그러고 나서 L 선생님을 향해 말했다.

"L 선생님, 행운을 빌겠습니다!"

경찰서로 향하는 경찰차 안에서 L 선생님은 교장 선생님의 마지막 말을 생각했다. 왜 행운을 빈다고 했는지 생각했다. 행운이란 학생들이 시험 보기 전에 원하는 것이다. 행운이란 선생님들이 크리스마스 때 로또를 함께 사면서 하는 말이다. 행운이란 몇 년 전 박사 논문을 지도했던 교수님이 논문 심사를 앞두고 해 주었던 말이다. 행운이란 그가 운전면허 시험을 보러 갈 때 아파트 이웃, 더 정확하게 그가 살고 있는 집 주인인 파트리시아가 해 주었던 말이다. 왜 교장 선생님이 행운을 빌어 주었지? 그는 시험을 치를 것도 아니었고 로또를 살 것도 아니었고 다시 논문 심사를 받을 것도 아니었고 운전면허증을 따러 가는 것도 아니었는데……. 그렇지만 그 캄캄한 악몽에서 벗어나기 위해서는 이해할 수 없는 그 행운이 필요할지도 모른다는 생각이 들었다.

경찰서에 도착하자 자동차가 입구 옆 조그만 평지에 멈췄다. 경찰관 한 명이 L 선생님의 수갑을 잡아끌어서 곧바로 자동차 밖으로 나왔다. 고개를 들 수 없었다. 왜냐하면, 경찰의 다른 손이 고개를 들지 못하게 눌러 버렸기 때문이다. 결국 그는 몸을 구부린 채, 바닥만 바라보며 경찰서 안으로 들어갔다.

5
장

파트리시아는 금요일마다 병원에서 오후 근무를 했다. 오전에는 집에서 꼼짝하지 않고 노트북을 붙들고 '성폭행 혐의로 고소된 생물 교사'와 같은 문장을 계속 두드렸다. 엔터키를 치면 모든 종류의 정보를 읽을 수 있었다. 기사는 점점 더 많아졌다. 소셜 네트워크들이 소식을 전하기 시작했다. 동시에 텔레비전도 켜 놓았다. 매체에서는 매일 일어나는 상황을 논평하고 분석한다는 핑계로 타인을 중상모략하고 거짓말을 늘어놓았다. 법의 판결이 내려지기도 전에 한 사람을 판단하고 유죄 판결을 내려 버리는 그런 사람들이 모여 떠드는 좌담회들의 채널을 이리저리 돌려보았다.

JJ 경감이 조심스럽게 처리했음에도 MK의 사건은 바로 그날 여러 매체를 통해 아침 뉴스로 전달되었다. 신문과 방송 매체들은 각 프로그램의 시청률과 청취율을 올리는 데 혈안이 되어 모든 자극적인 언어를 동원했다. 자기가 다니던 학교의 선생님에게 성폭행당한 사춘기 여학생이라는 제목을 내세웠다.

끊임없이 기사를 쏟아내는 수십 명의 기자와 파파라치들이 카메라를 준비하고 단독 보도를 향해 달려들었다. 그러나 그러한 취재를 시작할 만한 곳은 많지 않았기 때문에 결국 모두 같은 곳에서 집결되었다.

"학교 교사에게 성폭행을 당한 여학생이 엄마와 함께 살고 있는 집 현관 앞에 있습니다."
손에 마이크를 들고 한 여자가 호들갑스럽게 말을 했다.
"모든 시청자가 창문을 볼 수 있도록 우리 카메라로 이 건물 정면을 좀 비춰달라고 부탁하겠습니다. 실제로 버티컬이 쳐진 3층의 창문이 바로 어제 일을 당한 소녀의……."

파트리시아는 보고 듣고 있는 사실을 믿을 수 없었다. 아무것도 이해할 수 없었다. 그러나 한 가지만은 확신했다. 뭔가 잘못되었다는 것. 그것도 아주 크게 잘못되었다. 아주 흔히 쓰이는 말로 그녀는 L의 결백을 확신했고, 그것을 위해 손가락에 장을 지질 수 있었다. 틀림없이 그녀의 손가락에 아무 일도 일어나지 않을 것이라는 확신이 있었다.

채널을 돌렸다.

"성폭행을 당한 여학생이 지금 집에 있는지는 알 수 없습니다."

이번에는 어떤 남자가 말을 하고 있었는데, 마이크를 꼭 잡고 초조하게 몸을 흔들고 있었다.

"이 시간쯤 경찰서에서 계속 진술을 하고 있거나 아니면 판사 앞에서……."

파트리시아는 눈을 감고 강하게 고개를 저었다. 마치 고갯짓으로 자신에게 쏟아진 모든 정보를 지워 버리려는 듯 말이다. 그것은 예기치 않은 소나기에서 떨어진 얼음 같은 물방울들처럼 그녀에게 쏟아지고 있었다.

그 폭풍우에서 도망치기 위해서, 그 말도 안 되는 이야기 속에서 정신을 차리려는 듯 큰 소리로 자신에게 물었다.

"내가 언제부터 L을 알았지?"

적어도 20년 전으로 거슬러 올라가야 했다. 두 사람은 세고비아의 한 고등학교에서 함께 공부했다. L은 전학생이었다. 나이가 같았고 L의 아빠가 그 도시로 전근 오면서 그도 함께 전학을 왔다. 파트리시아는 이 소년이 다른 아이들과는 다르다는 것을 곧바로 알 수 있었다. 키가 너무 크고 뭔가 나쁜 생각을 가지고 목을 뻗는 것처럼 어색한 외모 때문이 아니었다. 존재와 행동 방식이 달랐다. 처음에는 수줍어서인가 했지만, 수줍음이 아니었다. 자신만의 세계가 있었고 대부분의 시간을 그 속에 숨어 있었다.

"자신의 선생님에게 성폭행을 당한 소녀가 고소장을 내고 우리 사회를 깜짝 놀라게 한 그 놀라운 사건을 수사하는 경찰서 바로 앞에 있습니다."

젊은 여성이 카메라 앞에서 말을 하면서 경찰서에서

일어나는 아주 사소한 일까지도 놓치지 않으려고 계속 곁눈질로 주변을 바라보고 있었다.

처음부터 파트리시아는 그 특이한 소년에게 관심이 갔다. 그래서 그를 더 잘 알아보려고 그에게 다가갔다. 그의 엄마가 겨우 두 살 때 돌아가셔서 엄마에 대한 기억이 없다고 이야기해 주었을 때 조금 놀랐다 그 슬픈 이야기와 함께 L에 대한 수많은 정보를 파악할 수 있었다. 다른 가족 없이 언제나 아빠와 살았다고 했다. 게다가 여기저기 옮겨 다녀야 했던 아빠의 직업 대문에 2년에서 3년에 한 번씩 도시를 바꿔가며 이사를 해야 했다. 어렸을 때부터 막중한 책임감을 받아들여야 했다. 그래서 L은 대부분 시간을 혼자 지내는 데 익숙했다. 틀림없이 이 두 가지가 그의 성격에 큰 영향을 미쳤을 것이다.

파트리시아는 모든 텔레비전 채널이 똑같은 이야기를 하고 있다는 느낌을 받았다. 게다가 '특종'이라고 하면서 같은 말을 반복하고 있었다.

"우리는 엄마의 집 앞에…… 아니 어제 학교에서 수학 선생님에게 성폭행을 당한 소녀의 아빠 집 앞에

있습니다. 아니, 죄송합니다. 제가 틀렸네요. 생물 선생님입니다."

이제 겨우 스무 살이나 되었을까 싶은 어린 남자 리포터가 말을 하고 있었는데, 여러 번 실수를 했다.

"여학생의 부모님은 몇 해 전에 이혼했고 그래서 각각 다른 집에 살고 있습니다. 그러니까……. 아빠가 지금 이 순간 집에 있는지 알 수 없지만, 우리는 기다리고……."

파트시리아와 L은 알지 못하는 사이에 연인이 되었고 두 사람 모두 첫사랑이었다. 그들은 그 관계가 오래 못 갈 거라고 생각했다. 그들은 사랑에 빠진 것이 아니었다. 그러나 서로에 대한 애정은 무척 컸다. 그래서 아마도 첫 키스와 첫 포옹, 첫 애정 표현과 같이 결코 잊을 수 없는 그 모든 것들로 그들의 우정을 영원히 지속하기로 결심했던 것 같다. 몇 달 동안은 산책을 무척 많이 했다. 조그만 도시과 그 주변 마을을 구석구석 다녔다. 언제나 손을 잡고 다녔다. 그녀는 말을 많이 했고, 그는 거의 말을 하지 않았다. 처음에는 그것이 불편했지만, 후에는 그의 침묵을 존중하게 되었다. 왜냐하면, 그의 침묵이 인격의 일부분이라는 사실을 알게 되었기 때문이다. 게다가 말없이 그와 소통하는 법을 배웠다. 어떻게 그것을 알게 되었는지는 알 수 없었지만, 틀림없었다. 서로를 이해하고 무슨 생각을 하는지 아는 데 꼭 말이 필요한 건 아니었다.

"지금 제 등 뒤에 있는 건물, 그러니까 생물 수업이 있던 학교, 더 정확하게 말해서 L 교사가 수업을 하던 학교에서 이 사건이 일어난 지 24시간이 지나지 않았습니다."

리포터는 틱 장애가 있는 것 같았다. 왜냐하면 말을 할 때마다 마이크를 잡지 않은 손을 끊임없이 움직였고, 뒤돌아보지도 않은 채 그 손으로 뒤에 있는 건물을 가리켜서 시청자들은 집중하고 보아야 했다.

"이 사건의 현장에 있었던 증인인 학교 경비가 전해준 바로는 한 시간쯤 전에 이곳에서, 그러니까 지금 우리가 있는 곳에서 단 몇 미터도 떨어지지 않은 곳에서 경찰이 L 교사를 체포했다고 합니다. 알려진 바로는 L 교사는 저항하지 않은 것으로 보입니다."

파트리시아는 L의 친구로 역시 학교 친구인 헤르만 밖에 떠오르지 않았다. 헤르만은 거의 노력을 하지 않고도 최고의 성적을 얻는 수재였다. 하지만 우쭐대거나 하지 않았다. 반대로 성적에 신경 쓴 적이 전혀 없었고 언제나 만화 그리기를 더 좋아한다고 말했다. 사실 그림을 정말 잘 그렸다. L과의 우정은 거기에서 시작되었다. 어느 날 L이 만화의 내용이 될 만한 이야기를 헤르만에게 들려주었고, 헤르만은 그 이야기가 너무나 마음에 들었다. 그래서 L에게 원고를 쓰라고 부추겼다. 그 뒤부터 둘은 뗄 수 없는 사이가 되었다. 그리고 계속 관계가 이어졌다. 최근 파트리시아와 아파트를 함께 사용하기 시작했을 때 들은 이야기였다. 헤르만은 세고비아에 살았고 L은 마드리드에 살았지만, 둘은 무척 자주 만났다. 헤르만은 유능한 엔지니어였지만, 계속 만화를 그렸다. 만화의 원고는 계속 L이 썼다. 심지어 여러 권을 출간했다. L은 파트리시아에게 그들이 필명을 쓴다고 이야기해 주었다. 필명을 이야기해 주지는 않았지만, 농담 삼아 머지않아 헤르만과 L은 일을 그만두고 전업 작가가 될지도 모르겠다고 했었다.

"자, 여기를 봐 주십시오. 여기를 잘 봐 주십시오." 젊은 여자 리포터는 시청자들에게 하던 일을 멈추고 말 그대로 텔레비전 화면에 얼굴을 고정하라고 말했다.

"우리 사회를 온통 놀라게 했던 사건에 대한 직접적인 증언을 듣기로 하겠습니다. 이 사건 아주 가까이에, 그러니까 이 사건 안에 있었던 인물이 우리와 함께 있습니다."

화면이 클로즈업되면서 리포터 옆에 한 소년이 나타났다.

"이름을 알려 줄 수 있나요?" 리포터가 소년이 대답하도록 마이크를 입에 가까이 대면서 물었다.

"카를로스입니다."

"카를로스, 모든 뉴스의 헤드라인을 장식한 너무나도 충격적인 이번 사건의 주인공인 여학생을 알고 있습니까?"

"네, 제 여자 친구입니다."

리포터는 카를로스에게서 등을 돌리고 카메라를 마주보며 화면에 얼굴이 나오게 한 뒤 목소리를 높였다.

"이번 사건 주인공의 남자 친구가 하는 증언을 듣고 있습니다. 단독 보도입니다!"

파트리시아는 다시 한번 경찰이 들이닥쳤던 이른 새벽의 일을 생각했다. 네 시 반인가 다섯 시였을 것이다. 보통 때처럼 잠을 자고 있었고 깊이 잠들어 있었다. 그런데 갑자기 현관의 벨이 울리는 것 같았다. 비몽사몽 상태에서 생각을 했는데, 그 시간에 벨을 누를 사람은 L밖에 없었다. L은 그날 집에 들어오지 않을 것이라고 말했었다. 그러니 계획이 바뀌었거나 열쇠를 잃어버렸거나, 그것도 아니면 그녀가 놀라지 않도록 신호를 주려고 벨을 눌렀다고 생각했다. 그는 그런 사람이었다.

그런데 놀랍게도 경찰이었다. 정확하게 말해서 두 명의 사복 경찰이 문을 열자마자 신분증을 보여 주며 이른 시각에 찾아온 것을 사과했다. 처음에는 아무런 설명도 없이 L에 관해 물었다.

"여기 사십니까?"

"네, 아파트를 공유하고 있어요. 아파트는 제 소유이지만 보통 방 하나를 세놓고 있죠. 대출금을 갚는 데 도움이 되니까요. 항상 여자들과 공유를 했었는데 L은 오래전부터 아는 사이라서요."

"그럼 친구입니까?"

"네, 오랜 친구입니다. 그런데……. 무슨 나쁜 일이라도 생겼습니까?"

"언제부터 L 선생님이 여기에 살았습니까?"

"학기가 시작될 때부터요. 그가 마드리드로 전근 오게 되었고 우연히 만나게 되었어요. 더 좋은 곳에 자리 잡을 때까지 당분간 살 집을 찾고 있었거든요. 우리 집에 세를 놓던 방이 마침 비어 있었고 그래서 여기 살게 되었지요. 상황이 우리 두 사람에게 재미있게 되었지요."

"왜 재미있게 되었나요?"

"왜냐하면 우리는 어렸을 때부터 알고 지냈으니까요. 아파트를 공유하게 되리라고 누가 생각이나 했겠어요! 네, 그는 가장 좋은 세입자니까요. 그런데……." 파트리시아는 초조해져서 빨리 궁금증을 풀고 싶었다. "아까 무슨 나쁜 일이라도 일어난 건지 여쭤봤는데, 대답을 하지 않으셨네요."

"그런데 왜 어젯밤에는 들어오지 않았습니까?"

"모르겠어요. 들어오지 않을 거라고 알려 주었어요. 저는 그의 생활에 끼어들지 않고 그도 역시 제 생활에 간섭하지 않아요."

"지금 어디에 있다고 생각하십니까?"

그때 파트리시아는 화가 치밀었다. 무슨 일이 일어났

고, 왜 이 시각에 경찰이 집 앞에 와서 질문을 해대는지 알려 주지 않아서 말이다. 대답할 의무는 없었다. 왜 L을 찾고 있는 것일까? 아무리 경찰이라고 해도 이런 시각에 심문을 하는 것은 일반적인 일이 아니었다.

"무슨 일이 일어났는지 알려 주지 않는다면 더는 대답하지 않겠어요!" 파트리시아가 단호하게 말했다.

두 명의 경찰이 서로 눈길을 주고받더니 그들 중 한 명이 간단하게 말했다.

"학교에서 학생을 성폭행한 혐의로 고소당했습니다."

파트리시아는 놀라서 고개를 저었다. 그리고 믿을 수 없어서 다시 고개를 흔들면서 비웃듯 신경질적으로 웃었다.

"그건 불가능한 일입니다." 항변했다.

"왜 불가능하다고 생각하십니까?" 다른 경찰이 물었다.

"왜냐하면 제가 보증할 수 있기 때문입니다." 파트리시아는 이렇게만 말했다.

"우리는……. 우리는……. 지금 소녀의 아빠와 함께 있습니다……. 잠깐 우리와 이야기를 좀 하시겠습니

까? 그저 우리는…….”

리포터의 말이 자꾸 끊어졌다. 집으로 가는 MK의 아빠를 따라가면서 말을 하고 있었기 때문이다. MK의 아빠는 기관총처럼 질문을 퍼붓는 리포터를 따돌리려고 하고 있었다.

“지금 심정이 어떠십니까? 따님은 괜찮은가요? 이전에 L 선생님을 만난 적이 있습니까?”

L 선생님의 이름을 들은 MK의 아빠가 갑자기 멈췄다. 마이크와 부딪힐 정도로 고개를 돌렸다. 리포터가 그의 입으로 마이크를 집어넣고 싶어 하는 것처럼 보였다.

“그 선생을 내 앞에 데려오기만 바랄 뿐입니다.” 차갑게 말했다. “몇 분이면 충분해요.”

“그러면 뭐라고 말씀하실 건가요?”

“단 한마디도 말을 하지 않을 거예요. 단지 내 이 손으로 그를 죽여 버릴 거요.”

MK의 아빠는 노동으로 단련된 크고 단단한 손을 들어서 카메라 앞에 들이댔다. 그러고 나서 단호하게 걸음을 옮겼다. 리포터는 따라가려고 했지만, 필요한 것을 이미 얻었다고 생각했는지 주저했다. 그리고 카메라를 향해 말했다.

"소녀의 아빠의 반응을 직접 보셨습니다. 아빠의 감정 상태를 생각하면 이해할 만합니다. 자신의 딸을 범한 사람한테 어떤 아빠가 이런 반응을 보이지 않겠습니까?"

파트리시아는 경찰과 이야기할 때 헤르만 생각을 하지 못했다. 전날 오후에 L이 세고비아로 갔을 거라는 생각이 나중에 들었다. L은 중요한 작업을 시작했다고 했었다. 잡지에 내기 위한 만화 몇 페이지가 아니라 완전한 단행본 작업을 한다고 말이다. L은 그런 일을 이야기하는 데 무척 소극적이었다. 어쩌면 헤르만의 집에서 잠이 들었을 수도 있다. 고속 열차를 타면 순식간에 세고비아에 도착하니까.

일이 돌아가는 상황을 보니 헤르만 이야기를 하지 않아서 다행이라고 생각했다. 만일 얘기를 했다면 틀림없이 경찰은 새벽에 헤르만의 집으로 찾아갔을 것이다. 헤르만과 그의 가족은 친구가 잡혀가는 모습을 보았을 테고 마음이 무척 언짢았을 것이다.

헤르만 생각을 하고 있을 때 전화벨이 울렸다. 헤르

만은 방금 소식을 들었다며 그의 아내가 전화를 걸어서 이야기를 해 주었다고 했다. 잠시 이야기를 나누었다. 아무도 아무것도 이해할 수 없었다. 모든 일이 말도 안 되는 터무니없는 일이었다.

"어젯밤 우리는 늦게까지 일을 했어." 헤르만이 그녀의 추측을 확인해 주었다. "우리 집에서 자고 제시간에 학교에 도착하도록 첫 고속 열차를 타고 갔어."

두 사람 모두 L이 그런 일을 저지르지 않았다는 사실에 완벽하게 동의했다.

"어젯밤 처음 신고를 접수한 JJ 경감님과 이야기를 나누어 보도록 하겠습니다."

리포터가 경찰차 뒤로 달려갔다.

경찰차가 갑자기 멈췄고 JJ 경감이 급히 내렸다. 그는 리포터나 카메라는 본 척도 하지 않고 경찰서 안으로 들어갔다.

"이번에는 운이 안 따라 주었습니다." 리포터가 말했다. "하지만 다시 한번 시도해 보도록 하겠습니다."

파트리시아는 시계를 보고 머리에 손을 댔다. 오전

시간이 쏜살같이 지나가 버렸다. 오후 근무라서 병원에는 세 시에 출근하면 되었다. 마음이 어수선해서 배고픈 줄도 몰랐다. 급히 뭘 좀 먹어야 했다. 무슨 일이 일어났는지 정리가 안 되어서 몇 시간 동안 정리가 좀 되기를 기다렸다. 그러고 나니 팔짱만 낀 채 손 놓고 있을 수만은 없었다. L의 결백을 위해 뭐라도 해야 했다. 그런데 어떻게?

L의 가족 그 누구와도 연락이 안 되었다. L을 알게 되었을 때는 아빠와 함께 살고 있었다. 그러나 아빠는 4년 전에 돌아가셨다. L은 외아들이었다. 사촌과 삼촌들이 있었지만, 왕래가 없었다. 전 부인이 어디에 있는지 알아볼 수는 있었지만, 그러고 싶지 않았다. L이 언젠가 그녀에 관해 이야기했던 적이 있다. 그녀는 L의 사랑을 알지도 못했고 받을 수도 없는 여자였다. 이 세상 누구보다 L에게 고통을 안겨 주었고, 결국 아무런 설명도 없이 떠나 버린 여자였다.

샐러드를 준비하려고 했지만, 아무것도 하고 싶지 않았다. 그래서 샌드위치를 만들었다. 식빵 두 장을 구워서 그사이에 치즈 한 장과 햄을 넣었다. 샌드위치를 먹는 것조차 힘들었다. 위가 음식을 거부했다.

이제 나가면 병원에 제시간에 도착할 수 있었다. 물건을 챙겨서 밖으로 나왔다. 엘리베이터의 거울을 보았다. 표정이 마음에 들지 않았다. 머리에서 L에 대한 생각을 떨칠 수가 없었다. 아직 경찰서에 있을까? 판사의 결정을 기다리며 경찰서 유치장에 있을까?

빠른 걸음으로 계단을 내려가서 거리로 나가는 문을 열었다. 움직일 수가 없었다. 길에는 여러 명의 텔레비전 기자들이 손에 카메라와 마이크를 들고 그녀를 기다리고 있었다. 기자들이 그녀를 보자마자 달려들었다. 질문들이 정신없이 쏟아져서 어떻게 반응을 할 수가 없었다.

"우리에게 확인을 좀 해 주실 수 있겠습니까? L 교사와 아파트를 공유하고 계신 분 맞지요?"

"그를 알고 지낸 지 오래되셨습니까?"

"그의 행동에서 의심할 만한 점이 있었습니까?"

"난폭한 성격을 지녔습니까?"

"성폭행범이라고 의심할 만한 행동을 한 적이 있습니까?"

"두려웠던 적은 없습니까?"

파트리시아는 말 그대로 포위되어 있었다. 양옆으로

시선을 돌렸다. 그러나 그 머리들밖에 볼 수가 없었다. 무기처럼 그녀를 향하고 있는 카메라들과 최대한 그녀의 입 가까이에 들이대려고 몸부림치는 마이크밖에 보이지 않았다. 그것들이 점점 더 조여왔고 점점 더 숨이 막혀 왔다. 끊임없이 질문이 쏟아졌다.

"무척 위험한 성적인 가해자와 함께 살고 있다는 사실을 인식하셨습니까?"

"한 번이라도 의심할 만한 행동을 보셨나요?"

파트리시아는 눈을 감고 이를 꽉 물었다. 저 인간 장벽을 넘어야 한다. 왼쪽에 모퉁이를 돌아야 한다. 그다음에 조금만 더 가면 지하철 계단이 나온다.

두 팔을 가슴에 딱 붙여 팔짱을 끼고 눈을 질끈 감은 채 앞으로 나아갔다. 심지어 어떤 사람과 부딪히기까지 했지만, 물러서지 않았다. 반대로 더 세게 밀어서 앞을 막고 있던 기자들을 떼어 놓았다. 눈을 떴을 때는 마침내 그 인간 장벽을 넘어서 있었다. 파트리시아는 인도를 통해 달리기 시작했다. 150미터만 가면 지하철역이다. '150미터 경주의 세계 신기록은 몇 초였을까'라고 생각했다. 그 순간 그 기록을 깼을 것이라고 확신했다. 계단에 도착해서도 속도를 늦추지 않았다. 단 한순간도 균형을 잃지 않고 네 계단씩 내려갔다. 승강장에 이르러서야 고개를 돌려보았다. 거기까지 아무도 그녀를 따라오지는 않았다.

'무슨 일이 일어나고 있는 거지? 무슨 일이 일어나고 있는 거지? 무슨 일이…….' 그녀는 집요하게 자문했다. 그러나 아무리 애를 써도 반복되는 질문의 답이 떠오르지 않았다.

6
장

L선생님을 고소한 날 밤, MK는 잠을 잘 수 없었다. 먼저 경찰서에서 신고를 했다. 부모님 없이 카를로스와 함께, 카를로스 없이 부모님과 심리 치료사와 함께……. 그것은 일종의 고문이었다. 비록 매 순간 모두 세심하게 그녀를 대해 주었지만 말이다. 여러 차례 같은 말을 반복해야 했다. 그러나 단 한 번도 실수하지 않았다. 완벽하게 자신의 역할을 수행했다. 거짓말을 하고 있었던 것이 아니라 연기를 하고 있었다. 그리고 조금씩 조금씩 자신이 연기에 뛰어난 재능이 있다는 사실을 알아갔다.

경찰서에서 나온 다음에 병원에서 검사를 받았다. 병

원에 도착하자마자 피검사를 했고 혈압을 쟀다. 여의사가 그녀의 몸을 검사했다. 바라보고 만져 보고 심지어는 두드려 보기까지 했다. 폭력의 흔적이나 멍이 들고 긁힌 자국은 없는지, 타박상을 입은 곳은 없는지 등등. 그러나 공격당한 흔적을 전혀 발견하지 못하자 의사는 이상하게 생각했다.

"두려워서 몸이 굳어 버렸어요." MK가 말했다.

"일반적으로 그렇지요. 이해해요." 의사가 말했다.

그다음에 산부인과 검사를 했다. 의사는 첫 번째 질문을 하고서 바로 인상을 구겼다.

"폭행을 당한 다음에 샤워를 하거나 몸을 씻었어요?"

"네."

"그러면 물론 구석구석……."

"네."

"그렇다면 물과 비누로 모든 흔적이 지워졌네요." 산부인과 의사가 고개를 저으며 자신의 일을 계속했다. "이 옷도 폭행당한 순간에 입고 있던 옷이 아니겠네요."

"네, 집에 도착했을 때 엄마가 세탁기를 돌리려고 했어요. 옷을 모두 다 세탁기 안에 넣고……."

"이제는 방법이 없네요." 산부인과 의사가 고개를 세차게 저으며 말을 막았다. 그러고 나서 한숨지었다. "교과서가 좀 더 실제적인 것들을 가르쳐야 해."

MK는 그 샤워의 의미가 무엇인지 생각하지 못한 채 집에 도착해서 샤워했던 그 순간을 다시 생각했다. 비가 와서 온몸이 흠뻑 젖어 있었고 머리카락도 젖어서 참을 수 없이 불쾌했다. 거의 무의식적인 행동이었다. 세탁기에 옷을 넣은 것도 마찬가지였다. 그렇지만 이제 와서 생각해 보니 정말 중요한 일이었다. 그녀의 진술을 확실하게 뒷받침해 주고 있었다. 샤워를 하지 않고 옷을 빨지 않았다면 의심을 받았을 것이다. 지금 의사들은 아무런 폭력의 흔적도 찾지 못했다. 그렇게 모든 일이 논리적이었다.

"저는 무척 불결하다고 느꼈어요." 핑계를 대려고 노력했다.

"알아요." 의사가 간단하게 대답했다.

MK는 부모님과 함께 경찰차를 타고 아침 여덟 시가 되어서 집에 돌아왔다. 아빠는 딸과 전처의 집까지 함께 왔다. 무척 흥분했고 심지어 폭력적인 경향까지 보여서, 경찰이 진정시켜야 했다. 아빠는 풀이 죽었고 패배감과

무력감을 느꼈다. 돌아가기 전에 한 번 더 MK를 안아 주었다. 그리고 투명한 눈빛으로 미안하다고 했다.

MK는 묻고 싶었다. 왜 미안하다고 하는지 궁금했다. 나쁜 아빠라서? 딸 걱정을 충분히 하지 않아서? 이제 열여섯 살이나 되었는데, 툭하면 때려서? 하지만 묻지 않았다. 아빠의 태도가 바뀐 것을 보는 것만으로 충분했다. 이 사건으로 무척 놀란 것이 분명했다. 딸을 걱정하고 있었다. 자신을 걱정한다는 것만으로도 큰 소득이었다.

엄마도 마찬가지였다. 무척 중요한 일로 회사에 나갈 수 없다고 상사에게 전화를 걸었다. 물론 증명서를 제출하겠다고 했다. 딸과 떨어져 있고 싶지 않았다. 엄마 역시 미안하다고 했다. 엄마는 좀 더 분명하게 말했다.

"네 말을 들어주지 않아서 미안하구나. 너와 함께 여자 대 여자로 더 많은 이야기를 나누지 못해서 미안해. 너에게 신경을 써 주지 못해서 미안해……."

부모님의 행동을 보고 MK는 상황이 근본적으로 바뀌었다는 것을 확인했다.

폭탄을 터뜨릴 계획을 세웠을 때 카를로스와 나누었던 대화를 생각했다. 그녀는 단순히 동의만 한 게 아니었다. 온몸으로 간절히 원하고 있었다. 분명히 폭발은 일어났다. 그것도 대단한 방식으로 말이다! 발아래서 모든 것이 요동쳤고, MK의 삶은 완전히 뒤바뀌었다. 이제 모든 것이 전과 같지 않았다. 게다가 앞으로도 전과 같지 않을 것이다. 이제는 폭발의 영향을 통제하는 것이 중요했다. 그녀는 자신의 의구심을 카를로스에게 털어놓았다.

"한 번 폭발하면 통제할 수 없어."

"아니야. 네가 틀렸어." 카를로스가 웃었다. "전에는 그랬지. 텔레비전에서 전쟁 장면 못 봤어? 폭탄을 던지면 어디에 떨어질지, 그리고 무슨 일이 일어날지 정확히 알아. 모든 게 통제되고 있다고."

"우리가 이야기한 폭탄은 은유였을 뿐이잖아. 그걸 잊지 마."

"상관없어. 그런 폭탄도 통제할 수 있어."

MK는 때때로 카를로스가 두려웠다. 그는 끔찍한 일들에 대해 무척 냉정하게 이야기했으며, 마치 폭력을 즐기는 듯한 잔인한 태도로 말하곤 했다. 카를로스는 자기 친구들이 이유 없이 싸우고 시비 걸기를 좋아한다고 이야기해 주었다. 카를로스가 그러한 큰 싸움에 가담하지 않았다고 확신할 수 없었다. 자신이 목격한 장면을 지나치게 상세하게 묘사했기 때문이다. 하지만 MK는 그런 사람이 아니었다. 내면에 폭력을 거부하는 무척 강한 뭔가가 있었다. 자신의 삶이 좁고 막다른 골목의 진흙탕 속으로 빠져들고 있다는 생각에 이르렀다. 너무나 많은 일이 자신을 그쪽으로 밀어붙인다는 것을 알았고 되돌아갈 힘이 없었다. 그녀는 탈출이 필요했다. 설령 그것이 폭발처럼 모든 것을 날려 버리는 방식이라도.

만화 영화에서 폭발 뒤에 캐릭터가 우주 궤도에 떠 있는 것처럼 MK는 지금 폭발의 충격파로 우주 공간에 떠 있는 기분이었다. 하지만 진짜 중요한 것은 이후에 일어난다는 것을 그녀는 알고 있었다. 땅으로 돌아왔을 때가 바로 그 순간이었다. 그때는 경계를 늦출 수 없었고, 그 폭발이 어떤 의미를 가졌는지 확인해야 했다.

엄마는 그녀 곁을 떠나려고 하지 않았고 MK는 불안해지기 시작했다.

"잠깐 잠을 자도록 해."

"졸리지 않아요."

"하지만 밤새 못 잤잖아."

"졸리지 않아요."

"내 침대에서 둘이 잠깐이라도 눈을 붙이도록 해 보자……."

"졸리지 않아요."

엄마는 파리처럼 주변에서 윙윙거렸다. 어디든 따라갔고 마치 딸이 갑자기 세상에서 가장 약한 존재가 되어버린 듯 모든 일을 미리 챙겨 주고 싶어 했다.

"먹을 것 좀 준비할게."

"배고프지 않아요."

"뭐 특별히 먹고 싶은 거 있어?"

"배고프지 않아요."

MK는 엄마에게서 벗어날 생각을 했다. 거실 텔레비전을 켜서 영어 채널을 찾았다. 가끔 영어를 배우려고 찾던 채널이다. 더 자라서 먼 곳으로 떠나려면 언제나 외국어, 특히 영어를 해야 한다고 생각했다. 소파 끝에 앉아서 화면을 바라보았다. 엄마가 옆에 와서 앉았다. 한 손을 잡고 쓰다듬었다. 더 가까이 다가와서 MK의 어깨에 머리를 기대었다.

그 자세로, 평소 같았으면 그녀의 엄마는 — 바쁜 삶에 지쳐 있던 터라 — 일 분도 채 되지 않아 잠들었을 것이다. MK는 이런 상황에서 엄마가 잠드는 데 걸릴 시간을 추측해 보았다. 십 분? 십오 분……? 장식장 선반에 있는 시계추가 달린 작은 시계를 바라보며 시간을 쟀다. 시계는 그녀가 다섯 살 때 찍은 액자 안의 사진 옆에 있었다. 그때는 부모님이 이혼하지 않았지만, MK는 이미 모든 책임을 떠맡는 데 익숙해져 있었다. 잘못도 없이 혼나는 일, 그리고 어른들의 실수를 감당해야 하는 일들 말이다. 하지만 그 사진 속 MK는 환하게 웃고 있었고, 행복한 얼굴이었다. 엄마의 본래 피로감에 더해, 딸과 함께 보낸 밤—경찰서, 병원, 다시 경찰서로 이어진 밤—그리고 그 끔찍한 소식이 주는 감정적 충격까지 더해져 있었다. 이 모든 긴장과 신경과민 상태가 엄마의 수면에 유리하게 작용할 수도, 불리하게 작용할 수도 있었다.

"칠 분!" 엄마가 잠든 것을 확인하자 MK가 큰 소리로 말했다.

시계추가 달린 작은 시계가 열 시를 알렸다. 엄마가 소파에서 쓰러지지 않도록 조심스럽게 엄마를 잡으면서 아주 천천히 일어났다. 엄마의 머리를 쿠션 위에 놓이게 했다. 그러고 나서 발끝으로 걸어 거실을 나갔다. 토네이도의 파괴 효과에 대한 영어 다큐멘터리가 나오는 텔레비전은 엄마의 숙면을 돕도록 그대로 켜 놓았다.

MK는 방에 들어와서 거리를 바라보려고 블라인드를 조금 올렸다. 금요일 그 시간에 거리를 바라본 적이 한 번도 없었다. 어쨌든 거리의 모습은 다른 시간대와 다르지 않았다. 사람들과 여기저기 주차되어 있는 자동차들, 문이 열려 있는 상점들…….

갑자기 거칠게 자동차 한 대가 앞에 멈추더니, 인도에 차를 주차하는 게 보였다. 자동차 문에는 한 텔레비전 채널의 로고와 이름이 새겨져 있었다. 두 명의 남자와 여자 한 명이 차에서 내려서 카메라를 설치하기 시작했다. 그들의 작업이 채 끝나기도 전에 다른 채널의 비슷한 자동차가 도착했고 곧이어 세 번째 자동차도 도착했다.

당황한 MK는 거실로 돌아왔다. 엄마를 깨울까 생각했지만 그만 두었다. 그냥 엄마 옆에 앉아 집 앞에 몰려와 있는 텔레비전 방송국 기자들을 생각했다. 그 채널들을 찾아보려고 리모컨을 들었다. 그러나 어떤 숫자도 누르지 못하고 영어 다큐멘터리만 보았다. 마침내 MK도 잠이 들었다.

잠에서 깨어났을 때 시계추가 달린 작은 시계가 두 시

를 알리고 있었다. MK는 텔레비전 기자들이 기다리다 지쳐서 떠났을 거라고 상상했다. 일어나서 다시 방으로 갔다. 그러나 창밖을 보고 잘못 생각했다는 걸을 알았다. 그들은 거기에 그대로 있었다. 여섯 대의 카메라가 보였고 기자들과 호기심 가득한 사람이 스무 명가량 있었다.

그들은 현관 바로 앞에 자리 잡고 있었다. 심지어 더 편안하게 기다리려는 듯 근처에 있는 바에서 의자를 가지고 오기까지 했다. 몇 명은 MK의 창문을 쳐다보고 있었다. 이웃의 한 아주머니가 손가락으로 분명하게 MK의 창문을 가리키고 있었다. 틀림없이 거기에 MK가 살고 있다고 알려 주는 것이리라.

카를로스와 이야기하고 싶었다. 적어도 그날 밤에 카를로스를 만나는 것은 불가능할 것이다. 휴대 전화를 들고 번호를 누르려고 했다. 그러다가 경찰서 앞에서 잠깐 나누었던 대화가 생각났다. MK는 검진을 위해 병원으로 가려던 참이었고 카를로스는 경찰서 문 앞 가로등에 기댄 채 그곳에 있었다.

카를로스를 발견하고 MK가 다가갔다. JJ 경감은 아무 말도 하지 않았다. 틀림없이 잠깐 마음을 나눌 시간을 주고 싶었던 것 같다. 그들은 다른 때처럼 서로의 눈을 바라보았다. 그러나 둘 중 누구도 그 시선에서 이전 연인의 모습을 찾을 수 없었다. 뭔가 바뀌어 있었다.

"폭탄이 폭발했어." 카를로스가 그녀만 알아듣도록 아주 작은 소리로 말했다. "후회해?"

"아니."

"이제 더 힘든 일이 다가올 거야."

"알아."

"두려워?"

"두려운지 아닌지 모르겠어. 하지만 이상한 느낌이야."

"나는 두려워." 그가 말했다. "네가 나에게 두려움을 줘."

"이제 와서 물러설 거야?"

"아니, 하지만 우리는 무척 신중하게 행동해야 해. 무슨 말을 해야 할 때는 지금처럼 우리 둘만 만나서 얼굴을 보고 이야기해야 해."

"전화는……?"

"할 수 있어. 그런데 전화 통화를 할 때는 계속 거짓말을 해야 할 거야."

"연기해야 하는 거지?"

"네가 표현하고 싶은 대로 불러."

JJ 경감이 경찰차에 오르라고 부르는 순간 MK는 고개를 끄덕였다.

"전화 통화를 할 때 계속 연기를 할게." MK가 작별 인사처럼 말했다.

"넌 정말 대단해."

손에 휴대 전화를 들고 어떻게 할지 결정하지 못한 채 그 대화를 기억했다. 헤어질 때 카를로스의 눈빛이 생각났다. 그 폭발이 그의 눈에서 정확히 일어난 것 같았다. 왜 카를로스는 항상 그녀에게 그런 감정을 불러일으키게 할까? 그녀는 전화기의 화면을 바라보았다. 이성적으로 생각하면 기다리고, 시간을 두는 것이 맞았지만, 그와 이야기하고 그의 목소리를 다시 듣고 싶은 마음이 간절했다.

마침내 버튼을 눌렀다.

"안녕, MK. 자는 줄 알았는데."

"잠깐 눈을 붙였어."

"그런데……. 집이야?"

"응, 엄마는 소파에서 잠이 들었어."

"어때?"

"어땠으면 좋겠는데?"

"아, 그래그래."

"너는?"

"괜찮아."

"우리 집 현관 앞에 카메라들이 있어."

"우리 집 앞에도."

"너희 집에도?" 카를로스의 마지막 말에 MK는 놀랐다.

"응. 이미 인터뷰도 했어. 그러니까 나한테 와서 질문을 했어."

"그런데 너한테 뭘 물어봤는데?"

"물론 너에 관해서 물었지. 나, 텔레비전에 나왔어."

"무슨 말이야?"

"생방송으로 녹화를 했어. 무척 유명한 프로그램이었어. 아! 너희 아빠도 나오셨어."

"우리 아빠가?"

"너희 아빠는 다른 채널에 나오셨어. 길에서 너희 아빠와 인터뷰를 했는데, L 선생님이 눈앞에 있다면 아빠 손으로 죽여 버리겠다고 하셨어."

MK는 점점 더 영문을 알 수 없었다. 그래서 연기를 그만 둘 뻔했지만, 순간 자신의 역할을 자각했다.

"하지만, 하지만……. 아무것도 이해하지 못하겠어. 무슨 일이 일어나고 있는 거야?"

"큰 사건을 낚은 거야. 온 나라가 너에게 일어난 일로 무척 흥분해 있어. 너에 대해서, 너의 주변에 대해서, L 선생님에 대해서 더 많은 사실을 알고 싶어 해. 모든 방송이 이 이야기의 인물들을 찾아서 거리로 나왔어."

"하지만 이건 소설이 아니야!" 카를로스의 마지막 말에 MK는 화가 났다.

"나도 알아. 하지만 나는 텔레비전의 유명 진행자의 말을 그대로 옮긴 것뿐이야. 자기 프로그램에서 방금 그렇게 말을 했어. 그래서 나를 찾는 거야. 왜냐하면, 나도 이 이야기의 인물이거든. 비록 조연이지만. 하지만 너는 다르지. 너는 분명 주인공이야."

"나는 주인공이 되고 싶지 않아."

"너와 이야기를 하기 위해 그들은 무슨 일이든 할 거라는 말이야."

"나는 아무와도 이야기하고 싶지 않아."

"이 도시의 모든 기자가 거리로 나온 것 같아. 몇 명은 너의 집 앞에, 또 몇 명은 너의 아빠 집이나 경찰서 앞에, 아니면 L 선생님 집 앞이나 우리 집 또는 학교 앞에……."

"학교에도?"

"물론이지. 거기서 L 선생님을 체포했어. 아무 일도 없었던 듯, 아무 짓도 하지 않은 듯 수업을 하러 출근했거든."

갑자기 MK는 숨이 막히는 듯한 답답함이 온몸을 휘감는 것을 느꼈다. 그것은 단순한 기분이 아니라 온몸에 드러났다. 가슴이 뛰기 시작했고, 덥지도 않은데 온몸에서 식은땀이 흘렀다.

"나중에 다시 이야기하자." MK가 전화를 끊으려고 말했다.

"괜찮아?"

"안녕." 전화를 끊었다.

분명히 MK는 카를로스가 이야기해 준 그 모든 것들을 예견하지 못했다. 자신의 행동이 그렇게까지 발전하기를 원했던 것이 아니다. 폭탄은 오직 자신을 향한 것이었다. 폭발은 언제나 양쪽 모두에게 피해를 주지만, 그런 식으로 파장이 통제 불가능한 방향으로 퍼지는 걸

원하지 않았다.

이런 상황에서는 거리로 나갈 수 없을 것이다. 기자들이 기다리다 지쳐서 장비들을 철수할 것이라고 믿었다. '내일이면 다 사라질 거야.' 용기를 내려고 자신에게 말했다.

잠시 후에 심리 치료사인 마리아 호세 선생님에게 전화가 왔다. 기운을 주려는 것 같았다. 처음에는 "안녕! 좀 잤니?"와 같이 너무나도 일상적인 질문을 했다. 그러다 어조를 바꾸어서 말했다.

"오늘 아침에 L 선생님을 체포했어. 아무렇지 않게 수업을 하면서 학교에 있었대."

"네, 이미 알고 있어요."

"모든 것을 부인하고 있다는구나."

긴 침묵이 이어졌다. MK는 심리 치료사가 이야기를 더 하기를 기다렸다. 그러나 MK의 반응을 기다리는 듯 그녀도 입을 다물었다. 전화기 속 침묵은 더 긴장되고 더 길고, 더 참을 수 없게 느껴졌다.

"무슨 말이라도 하고 싶니?"

"아뇨, 아무 말도요."

다시 새로운 침묵이 이어졌다. MK는 심리 치료사가 무슨 역할을 하고 있을까 생각했다. 그 침묵은 우연이 아니라 전략의 일부일 것이라고 확신했다. 그래서 입을 더 굳게 다물려고 입술을 깨물었다.

"쉬는 편이 낫겠다." 마침내 마리아 호세 선생님이 부드럽고 친숙한 말투로 말했다. "내일 너를 보러 갈게. 일이 좀 진정될 때까지는 내가 너희 집으로 가는 편이 나을 것 같아. 그다음에 네가 내 진료실로 오는 게 좋겠어."

"좋으실 대로 하세요."

"언제라도 마음이 힘들면 나에게 전화를 해."

"네, 감사합니다."

MK는 밖으로 나갈 수 없다는 사실이 가장 걱정스러웠다. 죄수처럼 꼼짝 못 하고 집에 갇혀 있으려고 그런 일을 저지른 것이 아니다. 상황이 곧 바뀔 것이라고 믿었다. 오늘이 가장 중요한 날이었다. 모든 것이 드러난 날이었다. 하지만 내일은 다를 것이다. 왜냐하면, 내일이면 다른 새로운 사건이 나올 테니까. 틀림없이 더 흥분된 새로운 뉴스가 나오고 새로운 뉴스의 주인공은 다른 사람이 될 것이다.

소파에 앉았다. 잠이 든 엄마의 반대쪽 끝에 앉았다. 엄마의 얼굴을 살펴보았다. 엄마가 쓸데없이 불평하지 않았다는 사실을 깨달았다. 보랏빛 기미와 깊어져 가는 주름들, 머리카락 끝에 보이는 새치들을 확인했다. 그리고 손을 보았다. 손에 대해 한탄하는 말을 여러 차례 들었다. 가늘고 길고 부드럽던 손이 변하고 있다고 한탄했다. 노동자의 손이었다. 누가 보든 남자의 손인지 여자의 손인지 구별하기 어려울 정도였다.

텔레비전을 보았다. 전 세계의 일기 예보를 방송하고 있었다. 아메리카, 유럽, 아시아 등등. 고기압, 저기압, 바람, 비, 태양…….

갑자기, 생각지도 않게 MK는 L 선생님 생각이 났다. 학교에서 일어났을 장면을 상상했다. 틀림없이 JJ 경감이 교장 선생님과 만나 이야기했을 것이다. 그다음에 놀란 L 선생님의 얼굴이 떠올랐다. 나무 막대기 같은 몸에 붙어 있는 그 이상한 머리에 덧씌워진 바보 같은 표정이 떠올랐다. 그는 방과 후에 여학생과 사무실에서 약속했다는 사실을 인정했을 것이다. 시험지 검토가 사실이었다고 해도 전혀 자신을 변호하지 못했을 것이다. 그는 분명 그 학생이 자신에게 심한 욕설을 여러 차례 퍼부었고 그래서 심한 징계를 제안하려고 했다고 경찰에게 말했을 것이다. 그러나 MK는 그의 이 모든 논리가 아무 소용이 없으리라는 사실을 알고 있었다. 진실은 어떠한 힘도 발휘하지 못할 터였다. MK는 행운이든 불행이든 그가 속한 사회에서 진실이 어떤 가치가 있는지 자신에게 물어보았다.

L 선생님의 얼굴 말고 교장 선생과 다른 선생님들, 다른 학생들의 얼굴도 상상해 보았다. 오전 내내 다른 이야기는 하지 않았을 것이다. 이 이야기는 이제 겨우 시작이다. 사실 MK는 그 어떤 선생님도 존경하지 않았다. 그러니 그들 중 누구를 고소했든 마찬가지였을 것이다. 하지만 그런 일이 있고 난 뒤 왜 그랬는지는 잘 알 수 없었지만, L 선생님이야말로 완벽한 희생양이었다고 여러 번 중얼거렸다.

7
장

토요일과 일요일 이틀이 지났다. MK는 집 밖으로 나오지 않았다. 점점 우리에 갇힌 맹수처럼 답답해지기 시작했다. 밖으로 나가지 않고 주말을 보낸 게 언제였는지 기억도 나지 않았다. 감옥에 갇힌 사람은 L 선생님이 아니라 자신이었다. MK는 여러 번 생각했다. 밖으로 나가서 동네를 산책하고 카를로스를 만나도 된다고.

그러나 그럴 용기가 나지 않았다. 이제 기자들은 집 앞에서 온종일 보초를 서지 않았다. 그러나 때때로 누군가가 나타나서 뭔가 특별한 일이 일어나기를 바라는 듯 건물과 창문, 현관문 등을 녹화했다. 그리고 문제는 MK 자신이었다. 그녀는 불안과 의문, 혼란 속에서 끝없이 흔들렸다. 그래서 폭탄을 터뜨린 것이 너무나 성급한 행동이라고 느끼기 시작했다. 특히, 폭발 후 어떻게 해야 할지 전혀 계획이 없었기 때문에 더더욱 그랬다. 그녀의 삶은 그녀가 바라던 대로 산산조각이 났다. 그러나 이제 그 조각들을 어떻게 해야 할까?

나가려고 시도는 해 보았다. 옷을 입고 머리를 빗고 화장도 조금 했다. 그러나 문 앞에 도착해서는 몸이 굳어 버려서 감히 문을 열 수 없었다. 세상은 변하지 않았지만, MK는 변했다. 당혹스러웠다. 다시 일상이라는 톱니바퀴 속으로 들어갈 수 없을 것 같았다. 그러나 모든 것은 다시 삶으로 돌아가야 한다고 가리키고 있었다.

"너의 삶, 너의 현실로 돌아가야 해." 심리 치료사인 마리아 호세 선생님이 말했다. "학교에 다시 돌아가야 한다고 생각해 봐……."

학교에 다시 돌아간다는 생각을 하면 두려웠다. 지금의 상황에서는 공부를 완전히 그만둔다고 해도 괜찮을 것 같았다. 부모님과 투쟁해야 하겠지만 말이다. 부모님과 맞서는 일은 전과 같지 않을 것이다. 그러나 이제는 MK가 유리했다. 당연히 훨씬 더 힘이 생겼다. 마음속에서 엄마도 아빠도 이제는 손을 대지 못할 거라고 생각했다. 그렇다면 다시는 굴욕스럽거나 스스로 쓸모없는 인간이라고 느끼지 않아도 된다는 말이다.

"중요한 일이지." 자신을 위로했다.

아마도 마리아 호세 선생님이 말했던 것처럼 그녀가 원하던 것은 현실로 돌아가지 않는 것일 수도 있다. 텔레포트를 하는 꿈을 꾸었다. 방에 있는 지구본을 바라보았다. 아주 천천히 지구본을 돌렸다. 수많은 지역이 눈앞에 줄지어 나타났다. 오대륙에 펼쳐진 무척 먼 곳들이 보였다. 그 공을 돌리다가 손가락으로 한 지점을 눌러서 멈추게 할 수 없을까? 우연히 선택된 그 지점에 착륙할 것이다. 그 지점이 만일 지금 살고 있는 도시인 마드리드라면 그건 큰 불행이다.

"사건은 우리 모두에게 조금씩 영향을 주었어." 마리아 호세 선생님이 일요일에 방문했을 때 말했다.

"사건이라고요?" MK가 물었다.

"네 사건을 말하는 거야. 너에게 일어났던 일……." 심리 치료사가 설명을 하려고 했다. "이야기하는 방식이지. 사회적인 반향이 어마어마했어. 너도 알겠지만, 우리나라 교육은 지금 심각한 위기에 처해 있어. 많은 것이 의심받고 있지. 수많은 교육 모델도, 교육 방식도, 교사들까지도……. 그런 혼란 속에서 이 사건이 일어난 거야. 네 사건은 이제 완전히 미디어 현상이 되어 버렸어."

MK는 마리아 호세 선생님이 '그녀의 사건'에 대해서, 그 사건이 일으킨 사회적 반향과 미디어 현상이 되어 버린 현실에 대해 뭔가 더 이야기했으면 했다. 그러나 그녀는 계속하고 싶어 하지 않았고 이야기를 다른 곳으로 돌렸다. 태블릿을 꺼내 메모장을 열고 질문을 시작했다. MK에게는 관심조차 없는 질문들이었다.

월요일이 되자 엄마는 일찍 나갔다. 사건 이후 처음으로 일터로 돌아간 것이다. 무급으로 며칠 더 휴가를 받아 MK와 이 문제에 관해 이야기할까 고민된다고 말했지만, MK는 단호하게 이제 괜찮다고 몇 번이고 되풀이하며 엄마를 안심시켰다. 그리고 엄마는 학교로 돌아갈 가능성에 대해 넌지시 이야기를 비추었지만, 그녀는 단호하게 거부했다.

"시간이 필요해요."

엄마는 딸이 사건이 일어났던 곳으로 돌아가기 전에 트라우마를 극복할 시간이 당연히 필요하다고 생각했다. 비록 이제 범인이 그곳에 있지 않더라도 말이다. 그렇지만 MK는 다른 생각을 하고 있었다. 시간이 필요했다. 그랬다. 그러나 학교로 돌아가기 위해서가 아니라 살아가면서 무엇을 해야 할지 모든 가능성에 대해 한 번 더 알아볼 시간이 필요했다. 그건 이제 어떻게 살아야 할지 그 답을 찾기 위해서 였다. 그녀는 모든 것을 원래대로 되돌리려고 일을 벌인 게 아니었다. 적어도 그것만은 분명했다.

엄마가 나가는 모습을 창문으로 보았다. 무척 이른 시간이었지만, 집 앞에 두 명의 여자가 있었다. 마치 기다리고 있었던 것처럼 엄마가 나가자 곧장 엄마에게 다가갔다. MK는 그들이 몇 마디 이야기 나누는 모습을 보았다. 카메라는 없었다. 그러나 두 사람 손에 든 녹음기를 보고 그들이 기자일 거라고 짐작했다. 엄마에게 질문을 하고 엄마는 대답을 하는 것 같았다.

아침 식사 뒤에 거실 소파에 누워서 텔레비전을 켰다. 심리 치료사인 마리아 호세 선생님이 말했듯 세상은 '그녀의 사건'에 관해 무척 많은 이야기를 했다. 주말에 잠시 소강 상태였던 이슈가 다시 수면으로 떠오를 것이고 본격적인 이야기가 오갈 것이라는 사실을 알고 있었다. 그러나 MK는 항상 그런 보도나 토론을 피했다. 이상하게 불안했다. 거대한 산 하나가 거짓 위에 세워진 걸 그녀는 알고 있었다. 그녀와 카를로스만이 진실을 알고 있었다. 맞다, L 선생님도 진실을 알고 있다. 그러나 L 선생님은 포함시킬 필요도 없었다. 결과적으로 그는 패자였고 희생자다. 아무도 그의 말을 믿으려고 하지 않을 것이고 모두 그를 혐오할 것이다.

여러 차례 채널을 돌리다 어떤 대담 프로그램에 멈췄다. 모든 참가자가 화가 난 듯 큰 소리로 말했다. 진행자는 매우 유명한 여성 진행자로 때로는 개입을 자제하며 다른 출연자들이 논쟁을 벌이게 내버려두는 듯한 인상을 주었다.

그들은 어떤 정치인에 대해 이야기하고 있었다. 그녀는 그 이름을 들어 본 적은 있었지만, 그가 정부 측 인물인지 야당 측 인물인지 알지 못했다. 아무튼 그가 엄청난 액수의 돈을 횡령했다는 내용이었다. 갑자기 진행자가 자신에게 주어진 권위인 듯 다음 토론의 주제를 알리면서 하던 이야기를 멈추게 했다. 그리고 그 순간 그녀에 대한 이야기, 즉 MK와 '그녀의 사건'에 대한 이야기를 시작했다. 그의 말에 따르면 그 사건은 온 나라를 충격에 빠뜨렸다고 했다. 그리고 자신이 '특종'을 공개하겠다며 이야기를 시작했다.

"지금 스튜디오에 학교에서 생물 선생님에게 성폭행을 당한 학생의 아빠를 모셨습니다. 우리 사회 모두를 놀라게 했던 사건이지요……."

MK는 놀라서 입을 다물지 못했다.

갑자기 카메라가 아빠의 모습을 클로즈업해서 비추었다. 무척 단정한 모습이었다. 한 번도 보지 못한 옷을 입었고 깨끗이 면도를 했다. 그리고 무엇보다 머리가 단정하게 정돈되어 있었다. 얼핏 보아서는 다른 사람 같았다. 그러나 틀림없는 아빠였다.

프로그램 진행자가 질문을 시작했다. 아빠는 근심과 낙담이 뒤섞인 얼굴로 진지하게 대답했다. 잠시 후에 모든 토론자가 질문을 시작했다. 그 순간 아빠 안색이 변했다. 그는 점점 불안한 듯 집중하지 못하는 기색이 역력했다. 왜냐하면, 질문이 종잡을 수 없었고 일관성도 없었기 때문이다. 딸에 대해 물어보다가 전 부인과의 관계에 대해 물었다. 하나의 사실에 대해 알고 싶어 하다가 또 갑자기 반대되는 이야기를 물었다. 때때로 그런 질문에 대해 아빠가 불편해하는 게 느껴졌다. 그러나 내색하지 않고 담담하게 대답을 했다.

적어도 십오 분은 되었을 법한 긴 인터뷰 마지막에 진행자는 아빠에게 이 사건을 알게 되자마자 했던 말을 상기시켰다. 바로 앞에 L 선생님이 있다면 어떻게 하고 싶냐고 했던 질문이었다. 아빠는 그 질문의 의도를 바로 알아차렸다. 그래서 별 고민 없이 그들이 원하는 대로 전에 했던 똑같은 말을 반복했다. 수많은 토론자가 그 말을 듣고 눈에 띄게 고개를 끄덕이며 동의했다.

MK는 왜 자신의 사건이 언론의 먹잇감이 되었는지 이해하지 못했다. 그리고 왜 아빠가 그 텔레비전 프로그램에 나와서 그의 딸, 그러니까 그녀에 대한 이야기를 해야 하는지는 더욱 이해할 수 없었다. 또한 그녀라면 전혀 힘들이지 않았을 문제들에 대해 왜 그토록 많은 이야기를 했는지도 이해하지 못했다.

그 프로그램의 토론은 계속되었다. MK는 채널을 돌려서 언제나처럼 그녀의 현실과 완전히 무관한 일에 대해 이야기하는 외국 방송으로 피신했다.

왜 현실에서는 그런 일이 일어나지 않는지 궁금했다. 버튼을 눌러 프로그램을 바꾸듯 세상의 이곳에서 다른 곳으로 옮겨가고, 언어를 바꾸고, 상황을 바꾸는 일들 말이다. 그럴 수 있다면 얼마나 좋을까? 게다가 그녀의 삶의 불쾌한 부분들이 마치 채널에서 사라지듯 완전히 없어져서 다시는 반복되지 않기를 바랐다.

카를로스에게 전화를 걸었다. 의식하지 못했지만, 그녀는 그의 목소리에서 자신에게서 사라져 버린 듯한 약간의 확신과 약간의 안정감을 찾고 있었다. 전화로는 불가능하다는 사실을 알고 있었다. 무엇보다 이야기하는 내용에 대해 조심해야 했기 때문이다. 경찰이 그들의 전화, 적어도 그녀의 전화는 도청할 가능성이 있기 때문이다.

"안녕, MK."

"이야기하고 싶어."

"이야기하자."

"만나야 한다는 말이야. 전화로 이야기하는 게 지긋지긋해. 주말 내내 집에서 나가지 못했어. 거리로 나가고 싶어. 알겠어?"

"알아, 하지만……."

"이제 우리 집 문에 항상 기자들이 진을 치고 있지 않

아. 틀림없이 아무도 나를 보지 못하는 사이에 나갈 순간을 찾을 수 있을 거야. 모자 달린 우비를 입고 나가면 아무도 나를 알아보지 못할 거야."

"그럼, 연락 줘. 그리고……."

"방금 한 텔레비전 프로그램에서 우리 아빠를 보았어." MK는 전화를 끊지 못하도록 했다. "믿을 수 없어."

"나도 봤어. 최고의 시청률을 자랑하는 인기 프로그램이야. 내가 나가려는 프로그램보다 훨씬 좋은 프로그램이야."

갑자기 MK는 입을 다물었다. 생각을 정리하려고 했지만, 도무지 아무것도 이해하지 못했다. 텔레비전 프로그램에 아빠가 나왔다는 사실도 이해하지 못하던 터에 카를로스가 한 말을 듣고 나니 더 당혹스러웠다.

"무슨 말이야?"

카를로스가 말투를 바꾸어서 조금 재미있게 다시 말을 하려고 했다.

"너는 믿지 못할 거야. 오늘 오후에 내가 텔레비전 프로그램에 나갈 거야. 너에 대해서, 우리에 대해서 이야기를 듣고 싶어 해……. 알겠어?"

"아니, 모르겠어." MK가 무척 진지하게 대꾸했다.

"사람들은 네가 어떤 사람인지, 우리가 어디에서 알게 되었는지, 우리의 관계는 어떤지 등등……. 그런 것들을 알고 싶어 해."

"하지만 나는 사람들이 나에 대해 아무것도 몰랐으면 좋겠어!" MK가 폭발했다. "알겠어?"

"나한테 그러지 마." 카를로스가 그녀를 진정시키려고 했다. "네 아빠는 이미 그런 프로그램에 출연했어. 그리고……. 출연료가 꽤 많아. 거기서 질문 몇 개에 답하는 데 말이야."

"우리 아빠가 그 텔레비전 프로그램에 출연하고 돈을 받았다는 말이야?" MK는 혼란스러운 머릿속을 정리하려고 애썼다.

"거금이야. 물론 내가 받는 것보다 훨씬 더 큰돈이야."

더는 카를로스와의 대화를 참을 수 없어서 MK는 전화를 끊었다. 몇 초 후에 카를로스가 다시 전화를 걸어오자 휴대 전화를 무음으로 바꾸어 놓았다.

오전이 끝나갈 무렵 마리아 호세 선생님과 약속이 잡혀 있었다. 심리 치료사는 한 번 더 그녀의 집으로 왔다.

이번이 마지막이라고 했다. 이제부터는 MK가 그녀의 진료실로 와야 한다고 했다. 또한 외출을 시작하고 삶의 주도권을 쥐는 것이 도움이 될 거라고 설명했다.

MK는 그 표현에 대해 한참 생각했다. '삶의 주도권을 쥔다.' 삶의 주도권을 쥔다는 말은, 틀림없이 삶을 이끌고 조절한다는 뜻일 것이다. 그러나 그녀는 항상 반대로 느꼈었다. 그녀가 주도권을 쥔 것이 아니라 삶이 주도권을 쥐고 그녀의 의견이나 바람과는 상관없이 내키는 대로 그녀를 끌고 다녔다고 느꼈다.

그들은 거실 테이블에 앉았다. 텔레비전은 계속 켜져 있었다. 나일강의 악어에 관한 영어 다큐멘터리였다. 마리아 호세 선생님이 리모컨을 들고 텔레비전을 껐다. 그러고 나서 자리에 앉기 전에 말했다.

"판사가 오늘 아침에 L 선생님에게 구속 영장을 발부했어. 알고 있었니?"

"아니요."

"지금쯤 구치소로 가고 있을 수도 있겠다."

MK의 머릿속에 끔찍한 장면이 떠올랐다. 환기도 안 되어 습기 차고 쥐들이 들끓는 지하 감옥 같은 곳에 갇혀 있는 L 선생님의 모습이. 그 모습을 떨쳐 버리려고 다른 생각을 했다.

"제 사건이 매스컴에 더는 퍼지지 않도록 뭔가 할 수 있을까요?" MK가 갑자기 물었다.

"아니."

"무슨 말씀이세요?"

"아닌 건 아닌 거야. 간단한 일이지. 이런 일이 일어나면 온 세상으로 퍼져나가."

"하지만 기자들이 어떤 사람이나 사건이 매스컴에 퍼지도록 하는 거 아닌가요?"

"기자들은 항상 그걸 시도하지. 그리고 거의 대부분 시도했던 것을 얻지. 기자들은 언제나 뉴스 뒤를 따라다닌다는 사실을 잊지 마."

마리아 호세 선생님에게 바로 그날 아침 아빠가 텔레비전 프로그램에 출연한 것을 보았고 카를로스도 다른 프로그램에 나갈 거라고 이야기했다.

"그래서 좋았어?" 심리 치료사가 물었다.

"아니요!"

"그럼 그러지 말라고 이야기해."

"저에게 의논조차 안 했어요! 출연료를 주니까 하는 거예요."

"그렇구나."

"이해할 수 없어요!"

"네가 이해할 수 없다는 거 이해해. 그리고 네가 이해하지 못한다니 좋다."

"지금은 선생님도 이해하지 못하겠어요."

마리아 호세 선생님이 웃었다.

"네가 그런 구경거리를 거부한 것을 보니 좋다는 말이야. 알겠어? 나에게도 돈을 줄 테니 프로그램에 출연해 달라고 제안이 왔어."

"제 이야기를 하라고요?"

"그래, 맞아."

"그래서 받아들이셨어요?"

"아니! 그럴 수 없어. 그런 프로그램에 나간다면 나의 평판과 직업의식은 바닥으로 떨어질 거야."

"그러니까 선생님은 직업의식을 생각해서 행동하셨다는 거군요."

"할 수 없는 것도 있지만, 원하지도 않아." 선생님은 '원한다'는 말에 무척 힘을 주었다. "윤리 때문에 그럴 수 없어."

"윤리요……?" MK가 급히 따라했다. "철학 시간에

들었어요. 그런데 윤리가 뭔지 잘 이해하지 못했어요.”

“그러면 선생님에게 질문하지 그랬니?”

“선생님이 설명해 주세요.”

“휴! 그걸 설명하는 책들이 얼마나 많은데.”

“요약해 주세요.”

“불가능해.” 마리아 호세 선생님이 웃었다. “나에게 윤리는 나의 근본과 내가 믿는 것들, 내가 방어하는 것들, 내가 투쟁하는 것들, 내가 살아가는 이유, 꿈을 꾸는 이유 같은 거야. 조금씩 조금씩 발견해 나가면서 내 삶에 의미를 주는 거지.”

“좋은 말 같아요. 그런데……. 왜 그런 것들이 중요해요?”

“나에게는 중요하니까.”

“그러니까, 왜요?”

“왜냐하면 내 양심과 관계가 있기 때문이야. 그건 우리를 다른 사람과 다르게, 특별하게 해 주는 거야. 그렇지 않다면 우리는…….”

“양심이 없는 사람도 존재한다고 믿으세요?”

“나는 그렇게 생각하지 않아. 하지만 양심이 없는 것처럼 보이는 사람들을 여러 번 만났어.”

"그러면 선생님은 제가 양심이 있다고 믿으세요?"

"틀림없이 그럴 거라고 확신해."

마리아 호세 선생님은 MK가 잠시 생각에 잠긴 틈을 타서 대화의 방향을 돌리기로 했다.

"자, 자……." 웃으면서 말했다. "우리의 역할이 바뀌고 있구나……. 내가 질문을 하고 네가 대답해야 한다는 사실을 기억하렴."

"그런데 무슨 질문을 하실 건데요?"

"예를 들어서, 언제 학교로 돌아갈 생각이야?"

"제가 계속 질문을 했으면 좋겠어요." MK가 반대하는 몸짓을 했다.

"불가능한 일이야. 우리는 게임의 법칙을 따라야 해."

"그러면 게임의 법칙도 선생님의 양심이 만든 건가요?"

"아니."

점심 식사 뒤에 예정되어 있다는 카를로스가 인터뷰한 프로그램을 보고 싶지 않았다. 틀림없이 사랑스러운 남자 친구의 역할을 잘 해낼 것이다. 언제나 사랑스럽고 상냥하고 여자 친구 걱정을 하는, 분명히 시청자들이 원하는 모습을 할 것이다. 적어도 출연료를 생각해서라도 말이다. 하지만 카를로스가 그녀의 삶에서 어떤 역할을 하는지 의심스러웠다. 남자 친구? 그 말은 그를 부르는 하나의 형태다. 그런데 이제 언젠가 훨씬 더 많은 것을 줄 사람, 그녀를 감동시키고 그녀의 삶의 지평을 넓혀 주는 남자 친구를 갖고 싶다는 바람이 생겼다. 그렇다면 카를로스는 그녀에게 어떤 존재란 말인가? 그저 평범한 선동가에 불과했단 말인가?

두어 번 아빠에게 설명해 달라고 전화하고 싶은 충동을 느꼈다. 텔레비전 인터뷰에 나가면서 왜 한 마디 의논도 안 했냐고 따지고 싶었다. 그러나 충동을 억제하고 전화를 걸지 않았다. 어차피 아빠가 곧 전화를 할 것이고 그때 이야기하면 될 것이다.

오후에 엄마가 전화했다. 방금 일이 끝났는데, 집에는 조금 늦게 오겠다고 말했다.

"초과 근무예요?" MK는 이미 엄마가 늦는 이유를 알고 있었다.

"아니, 아니야……." 엄마가 말을 더듬었다. "다른 일이야. 설명해 줄게."

"텔레비전 프로그램에 나가요?" MK가 단도직입적

으로 물었다. 엄마가 당황하는 기색이 느껴졌다.

"누가 말해 줬어?"

"아무도 말 안 했어요."

"그게. 오늘 아침에 집에서 나갈 때 두 명하고 이야기를 했어……. 텔레비전 뉴스 프로그램 기자들이었어. 나에게 이야기를 했는데, 나는……." 엄마는 딸에게 어떻게 변명을 해야 할지 몰랐다. "결국은 받아들였어. 무척 진지한 프로그램이래. 알고 싶은 것은 단지 진실을 밝히는 거라고. 그래서……."

"진실을 밝힐 수 있는 사람은 저밖에 없어요." 갑자기 MK가 엄마에게 말했다.

"무슨 말이야?"

"출연료나 충분히 주었으면 좋겠네요." MK가 말을 돌렸다.

"그 돈은 우리에게 정말 도움이 될 거야. 마침내 우리에게 필요했던 새 냉장고를 살 수 있게 되었어. 그리고 또 필요했던 몇 가지를 더 살 수 있어. 그런데 너는 괜찮아?"

"네, 걱정하지 마세요. 종일 집에서 안 나갔어요. 처음에는 못 견딜 거로 생각했는데, 잘못 생각했어요. 벌써 금요일, 토요일, 일요일, 그리고 오늘 월요일까지 집에서 나가지 않고 있어요. 완전 기록이에요."

"일곱 시 반 생방이야. 혹시 보고 싶어지면……."

"아니요, 안 보고 싶어요."

MK는 아침에 집 안에 갇힌 듯한 답답함을 느꼈지만, 오후가 되자 기분이 달라졌다. 그녀는 차분하고, 평온하며, 조용한 상태였다. 그래서 놀랐다. 그녀는 항상 정반대의 사람이라고 생각해 왔기 때문이다. 텔레비전이 켜져 있었지만, 무음으로 해 놓았고 가끔씩 바뀌는 화면을 바라보았다.

무엇보다 MK는 생각에 잠겨 있었다. 그녀는 늘 충동적인 사람으로 알려져 있었지만, 이번에는 조용히 생각에 잠겼다. 어떤 주제를 미리 정하거나 고민하지 않고, 그저 생각들이 자연스럽게 머릿속으로 스며들도록 내버려 두었다.

그녀는 마리아 호세 선생님에 관해 생각했다. 왜 그녀가 신고 당일 밤 경찰서에 왔는지 알 수 없었지만, 분명한 것은 다른 누구와도 마리아 호세 선생님을 바꾸고 싶지 않다는 것이었다. 그녀와 이야기하는 것이 무척 좋았다. 무엇보다도 태블릿을 끄고 노트를 덮고서 질문을 하도록 해 줄 때가 좋았다. 그때는 윤리에 대한 이야기까지 무슨 이야기든 나눌 수 있었다. 그녀와 함께 이야기하면 다른 사람이 된 것처럼 느껴졌다. 아니 어쩌면 여전히 같은 자신이지만 미처 몰랐던 자신의 새로운 면을 발견한 것 같았다.

그다음에 윤리에 대해 생각했다. 윤리에 대해 설명해 준 철학책을 다시 살펴봐야겠다고 생각했다. 윤리라는 그 단어가 표현하는 개념을 이해했다고 생각했다. 그러나 표현을 하려니 무척 어려웠다.

그리고 이름도 얼굴도 없는 멋진 남자 친구에 대해 생각했다.

그리고 아빠에게서 언제쯤 전화가 올까 기다렸다.

그리고 텔레비전 스튜디오 분장실에 있을 엄마에 대해 생각했다.

그리고 자신에 대해, 그녀의 삶, 현실에 대해 생각했다. 그러자 마리아 호세 선생님이 해 준 말이 머릿속에 떠올랐다. 삶의 주도권을 잡아야 한다는 말 말이다. 그 말 때문에 여기까지 생각이 미쳤다.

그리고 왜 삶이 이렇게까지 복잡해졌나 생각했다.

생각은 끝없이 맴돌았다. 마치 회전목마처럼 다시 마리아 호세 선생님, 윤리, 이름도 얼굴도 모르는 남자 친구, 부모님, 자신, 현실 등으로 생각이 돌아갔다.

갑자기 L 선생님 생각이 났다. 판사가 보석 가능성 없는 구속을 선고했다고 했다. 다시 현실과는 틀림없이 다를 쥐와 바퀴벌레가 우글우글한 어두컴컴한 지하 감옥을 상상했다. L 선생님은 결백하다. 완전히 결백하다. 그런데 MK의 잘못 때문에 터무니없게도 그곳에 있었다.

마리아 호세 선생님의 말은 그녀를 내리치는 것 같았다. 이번에는 '윤리'라는 단어가 머릿속에 맴도는 것이 아니라 '양심'이라는 말이 맴돌았다. 심리 치료사 선생님은 인간이 특별한 존재인 이유는 양심이 있기 때문이라고 했다.

"나는 양심이 없어." 갑자기 큰 소리로 말했다.

그녀는 자신이 한 말에 놀라고 말았다.

8
장

금요일에 소식을 접한 이후에 헤르만은 친구에 대한 정보를 알아내기 위해 끊임없이 파트리시아에게 전화를 걸었다. 그녀가 그가 알고 있는 L의 유일한 친구였고, 두 사람 모두의 친구이자 학창시절부터 알고 지낸 오랜 친구였다. 불행하게도 그녀도 새로운 정보를 전혀 알지 못했다.

일요일에 두 사람은 오랫동안 길게 대화를 나누었다.

"나도 방송에서 떠드는 내용만 알고 있어." 파트리시아가 설명했다.

"방송에서 너무나 많이 이야기하는데 아무것도 이해할 수가 없어. 그들은 이야깃거리만 찾아. 진실을 찾는

게 아니야. 그런데……. L과 직접 이야기해 봤어?"

"하려고 해 보았는데 가족이 아니면 면회가 안 된대."

"말도 안 돼!"

"모든 일이 말이 안 돼, 헤르만."

"도무지 이해 못 하겠어. 만일 L에게 무슨 일이 있었다면 우리 집에 왔을 때 나에게 이야기했을 거야. 틀림없어. 하지만 그는 우리가 작업하던 만화에만 관심이 있었어. 우리는 오후 내내 몇몇 장면의 윤곽을 잡았어. 저녁을 먹고 난 다음에도 계속했어. 그리고 다음 주에 만나기로 했는데……."

"더 생각할 필요도 없어. 우리가 전화로 이야기했듯이 틀림없이 L은 결백해."

"그런데……. 어떻게 이런 일이 일어날 수가 있지?"

"모르겠어. 지금 그 생각만 하고 있는데 그 말도 안 되는 여자아이가 꾸며 낸 일이라고 밖에는 설명할 수 없어. 그런 일이 처음은 아니잖아."

"경찰과 이야기를 해 보자."

"나한테 벌써 두 번이나 심문을 했어. 사건을 맡은 경찰이 있는데 JJ라고 했던 것 같아. 나한테 질문을 하고 또 해댔는데, 모두 말도 안 되는 질문들이었어. 하지만 내가 뭔가 조금 더 알려고 하고 L 걱정을 하면 곧바로 대화를 돌려 버렸어. 다른 사람들 걱정에는 정말 무심한 것 같아."

"그러면 그 JJ 경감을 만나러 가야 해."

"아무것도 얻어 내지 못할 거야."

"우리는 L의 유일한 친구야." 헤르만이 확신에 차서 말했다. "게다가 우리는 L 주변에 있는 유일한 사람들이라고도 말할 수 있어. L의 다른 가족을 알아?"

"아니."

"그러면 전 부인은……."

"전 부인에 대해서는 말도 꺼내지 않는 편이 나아."

"우리가 뭔가 해야 해. 뭘 할 수 있는지는 묻지 마. 나도 모르겠어. 하지만 내 친구 L에 대해서 온갖 신문 방송에서 떠드는 말도 안 되는 뉴스만 들으면서 팔짱을 끼고 기다리고 있을 수만은 없어."

"나도 그렇게 생각해. 정말이야."

"내일, 월요일에 내가 마드리드로 갈 수 있어. 괜찮으면 우리 만나서 그 JJ 경감이나 아니면 판사나 법원의 누구라도 만나러 가 보자. 그저 아무 일도 하지 않으면서 여기서 이렇게 기다리고만 있을 수는 없는 일이야."

"좋아. 해 볼 수 있지. 하지만 오전이 낫겠어. 병원 근무가 오후거든."

"열 시에 괜찮아?"

"좋아."

파트리시아의 머릿속에서 단 한순간도 L 생각은 떠난 적이 없었다. L은 항상 머릿속에 떠올라 결코 지울 수 없는 존재가 되어 버렸다. 갑자기 L과 L의 삶, 그의 끔찍한 문제에 집착하게 된 것은 아니었다. 우리 머리 위에 하늘이 있는 것처럼 L은 매 순간 그녀 곁에 있었다.

L과 함께했던 모든 순간을 여러 번 되새겨 보았다. 세고비아에서 함께했던 어린 시절을 생각했다. 어떻게 둘이 사귀기 시작했는지, 그리고 또 어떻게 두 사람 모두 그런 일이 일어날 것이라는 사실을 미리 알았던 것처럼 말도 안 되게 자연스럽게 헤어지게 되었는지 생각했다. 모든 면에서 딱 맞았던 것은 아니었다. 그러나 그들은 서로 존중했고 존경했고, 이해했고 그리고 서로 사랑했다.

또한 그 뒤에 여러 차례 연애도 했었다. 어떤 때는 무척 길었다. 하지만 L이 그녀를 가장 잘 알았던 사람이라고 확신했다. 여러 해가 지난 뒤 마드리드에서 다시 만나서 아파트를 공유하기로 결정했을 때 그 사실을 확인할 수 있었다.

틀림없이 반대였을 수도 있다. 그러니까 파트리시아가 L을 가장 잘 아는 사람이었다는 말 말이다. 헤르만도 L을 잘 알고 있었다. 틀림없다. 그러나 헤르만은 L의 가장 깊은 구석구석까지 알지 못했다.

때때로 헤르만과 파트리시아는 그들의 친구에 대해 이야기를 나누었다. 누가 먼저 제안해서라기보다는 단순히 그들의 세계의 일부를 형성하기 때문이었다.

"특이해. 맞아." 헤르만이 이렇게 말하곤 했다. "그런데 뭐가?"

"별거 아니야."

"난 차라리 멍청한 친구보다 특이한 친구가 훨씬 더 좋아." 헤르만이 결론을 내렸다.

"그렇게 사는 데 익숙해진 것 같아. 속으로는 사람들이 특이하다고 생각하는 것을 좋아할 수도 있어. 하고 싶은 대로 할 수 있잖아. 특이한 사람들에게는 더 많은 일이 허락되지. 알고 있어? 그가 똑똑하다는 또 하나의 증거야."

"그럼, 그럼. 어렸을 때부터 자기가 겉모습부터 남들과 다르다는 걸 알았을 거야. 거울만 봐도 알 수 있잖아. 그래서 차라리 속까지 특이해지기로 결심했을 거야."

"넌 그렇게 생각해? 나는 잘 모르겠어. 우리 마음속에는 더 많은 것들, 더 개인적이고 더 내면적인 것들이 있어서 각자의 성격을 형성하게 되지. 그의 삶을 잊지 마. 쉽지 않았어. 세고비아에 전학 왔을 때를 생각해봐."

"우리가 외계인이라고 불렀었지. 너도 생각나지?"

"응."

"하지만 너는 좋아했어. 그렇지? 한동안 둘이 딱 붙어 다니던 거 생각나."

"절대 잊을 수 없지. 걔도 나를 계속 좋아했어. 또 나는 사랑에 빠졌어. 내가 먼저 시작한 것도 아니고 그 친구가 먼저 시작한 것도 아니야. 하지만 나는 L을 무척 사랑해."

"나도 무척 사랑해."

헤르만은 월요일 이른 시간에 차를 몰고 마드리드에 와서 바로 파트리시아의 집으로 갔다. 파트리시아는 그를 기다리고 있었다. 창문에서 차를 세우는 것을 보고 급히 내려갔다. 현관문에 도착하자 그녀는 거리를 이쪽 저쪽 바라보고 누군가 나무 뒤에 숨어서 카메라를 켜놓고 있는지 확인했다. 헤르만이 그녀를 보고 손짓을 하자 길을 건너 달려갔다.

"누가 우리를 보기 전에 빨리 가자!"

"누가?" 그가 놀라서 물었다.

"뉴스가 터지자마자 기자들이 현관 앞에 진을 쳤어. 기자들이라고 불러도 될지 모르겠다. 카메라로 무장하고 무슨 짓을 해도 되는 권리를 갖고 있다고 믿는 무례한 인간들이야."

"미쳤구나!"

"네 말대로야."

곧바로 그들은 헤르만의 차를 타고 경찰서로 향했다. 가까운 곳에 주차를 하고 경찰서 입구로 가면서 파트리시아가 큰 소리로 질문을 했다.

"JJ 경감이 경찰서에 있고 우리를 만나 준다는 가정하에 우리가 무슨 질문을 하면 될까?"

"나는 그저 우리에게 몇 가지 설명을 해 주었으면 해."

"그 인간은 누군가의 질문에 대답을 하거나 설명을 해 주는 데 익숙하지 않을 것 같아."

그렇지만 파트리시아의 걱정은 곧바로 사라졌다. 경찰서 문에 도착했을 때 JJ 경감을 만났다. 혼자였는데, 무척 바빠 보였다. 거의 한걸음에 계단을 내려왔다. 파트리시아는 그를 놓칠까 봐 두려워하면서 가까이 다가갔다.

"안녕하세요? JJ 경감님, 저를 기억하시겠습니까?"

경감은 멈춰서 가볍게 고개를 끄덕였다. 그녀를 알아보고서는 몸을 돌렸다.

"물론 기억합니다."

"이 사람은 L의 친구인 헤르만입니다. 세고비아에 살고 있고 그의 집에……."

"알겠습니다." JJ 경감이 파트리시아의 말을 끊었다. "오늘 세고비아의 경찰이 몇 가지 알아보기 위해 선생님 댁에 가려던 참이었습니다."

"원하신다면 모든 것을 말씀드릴 수 있습니다." 헤르만이 말을 받았다. "저희도 역시 몇 가지 알아보고 싶어서 이렇게 왔습니다. L은 우리 친구이며 그를 위해서라면 우리는 무슨 일이라도 할 수……."

"아주 많이 들어 온 익숙한 말이지요." 경감이 말을 끊었다.

"L은 결백합니다." 파트리시아가 말했다.

"보십시오, JJ 경감님. 온 세상이 그 사건에 대해 이야기하고 있습니다. L은 재판도 받지 않은 채 이미 선고를 받았어요. 이제 곧바로 화형장에라도 끌고 갈 태세입니다. 종교 재판 시대처럼 광장에서 공개 처형을 한다면 그 광경을 보려고 모여드는 사람들 때문에 빈자리가 없을 거예요. L은 가족이 없어요. 하지만 파트리시아와 저는 함께 학교에 다녔던 20년 전부터 친구입니다. 우리는 그를 사랑하고 그의 옆에서 그를 변호하고 싶어요. 적어도 무슨 설명이라도 들어야 할 것 같군요."

JJ 경감은 시계를 보았다. 그리고 여러 번 고개를 저으며 숨을 몰아쉬었다.

"열 시 반이군요." 경감이 말했다. "제가 이 순간 어디에 있어야 하는지 아십니까? 집에 있어야 해요! 잠을 자거나 머리를 긁적이면서 말이지요. 여기서 일하다 제 삶이 마감될 것 같아요. 근무 시간 따위는 없어요. 제게 근무 시간을 보장해 준다면 제 수명에서 5년을 걸고 싶어요. 그래도 안 될 거예요!"

파트리시아와 헤르만은 조금 당황해서 서로 바라보았다. 곧 JJ 경감은 바로 앞의 인도에 있는 카페테리아를 가리켰다. 20미터쯤 떨어진 곳이었다.

"자, 제가 아침 식사에 초대하겠습니다." 이렇게 말하고는 걷기 시작했다.

그 카페테리아에서는 웨이터부터 모든 사람이 그를 아는 것 같았다. 세 사람은 테이블에 앉았다. 경감은 '똑같은 것'이라고만 말을 하면서 주문했고 파트리시아와 헤르만은 커피를 주문했다.

경감은 손바닥으로 이마와 눈을 두드렸다. 아마 피로감을 조금 누그러뜨리거나 수면 부족을 조금 더 견디기 위한 것 같았다.

"아직 아무도 L 선생님을 판결하지 않았습니다." 경감이 말했다.

"제가 하는 말이 무슨 뜻인지 알고 계실……."

"알고 있습니다." JJ 경감은 말을 끝내게 내버려 두지 않았다. 그의 습관이었다. 사람들이 말을 하려고 하면 상대방의 설명이 끝나기를 기다리지 않고 미리 답을 했다. "그리고 제가 확실히 말씀드리지만, 그것이 바로 제가 가장 짜증 나고, 아니, 경찰이 가장 짜증 나는 부분입니다."

"언론의 여론 몰이 말씀입니까?" 파트리시아가 물었다.

"원하시는 대로 생각하세요."

웨이터가 음식을 갖고 왔다. JJ 경감 앞에 카페라테와 함께 토마토와 햄이 들어간 커다란 토스트를 놓았다. 그는 바로 크게 한입 깨물어 먹었다.

"그 학생이 거짓말을 했을 가능성에 대해서도 생각하셨을 거라고 보는데요." 파트리시아가 말했다.

경감은 계속 씹으면서 그녀를 바라보았다. 마침내 한 입 삼키고 나서는 그녀를 바라보지 않은 채 대답했다.

"의심하십니까?"

"의심하는 게 아닙니다." 헤르만이 말했다. "저희는 경찰이 하는 일을 믿습니다. 하지만 저희가 L에 대해 무척 걱정하고 있다는 사실은 이해하셔야 합니다."

"이해합니다."

JJ 경감은 다시 토스트를 깨물었다. 파트리시아와 헤르만은 곁눈으로 서로 바라보았다. 경감이 다 씹고 삼킬 때를 기다렸다가 파트리시아가 말했다.

"저희는 그를 만나고 싶어요. 잠시라도, 단 몇 분이라도 함께 있고 싶어요. 우리가 옆에 있고 이 세상에 혼자가 아니라는 사실을 알게 해 주고 싶어요……."

"친구 분은……. 외톨이 타입인 것 같은데요." 경감이 말을 막았다.

"네, 언제나 그랬어요. 또한 특이하죠. 그리고 무척 내성적입니다. 그런데 그런 것이 무슨 상관이 있나요?"

"가족이 없다는 사실도 특이하지요." JJ 경감이 혼잣말을 하듯 계속했다.

"엄마가 아주 어렸을 때 돌아가셔서 형제가 없습니다." 헤르만이 설명했다. "아빠는 2, 3년에 한 번씩 도시를 이동했는데 역시 돌아가셨습니다. 몇 년 전에 결혼했지만, 부인에게 버림받았어요. 물론 행복한 삶은 아니었습니다."

"부러워할 게 없군요." 경감이 말했다.

"행복한 삶을 살지 못했다고 해서 의심받아야 한다고 생각하십니까?"

JJ 경감은 토스트를 입으로 가져가다 잠시 멈추고 입에 빵을 댄 채로 말했다.

"행복하지 못한 삶을 살았던 범죄자들을 보았어요.

하지만 또한 적어도 표면적으로는 더 행복해 보였고 세상에 대해 만족스러워하는 범죄자들도 있습니다. 무엇 때문에 인간이 범죄를 저지를까요? 몇몇은 잔인하기도 하지요. 솔직히 말씀드리면 저는 모르겠습니다. 하지만 그 질문에 대한 대답은 제 영역 밖인 것 같습니다."

경감은 토스트를 다시 씹으려고 손을 조금 움직여야 했다. 토스트는 이제 완전히 형체를 알아볼 수 없게 되었기 때문이다. 다시 파트리시아와 헤르만은 그가 토스트를 삼킬 때를 기다렸다. 그러다 헤르만이 다시 말을 했다.

"그를 보고 싶습니다."

JJ 경감은 고개를 저었다.

"그 문제라면 저는 아무것도 할 수 없습니다."

"무슨 말씀이신가요?" 파트리시아가 물었다.

"조금 전 보석 없는 구속 수사가 결정됐습니다."

"하지만 그렇다고 해서 면회가 불가능한 건 아니지 않습니까?"

"네, 가능하지요. 그러나 이제 제 손을 떠났습니다. 지금 이 순간 L 선생님은 호송차를 타고 소토 델 레알의 감옥으로 가고 있을 겁니다. 거기에서 만날 수 있냐고요? 가능합니다. 언제냐고요? 그건 이제 제가 알 수 없습니다. 감옥으로 가셔서 면회 규칙에 대해 물어보셔야 할 거예요. 하지만 틀림없이 오늘은 안 될 거예요. 먼저 변호사와 이야기를 나누시라고 말씀드리고 싶습니다."

"보석 없는 구속 수사……." 헤르만의 머릿속에 이 말이 맴돌았다.

"그렇습니다." JJ 경감이 확인해 주었다.

"하지만……. 충분한 증거가 있습니까?"

"그건 법원이 판단할 일입니다."

"적어도 경감님의 의견을 듣고 싶어요."

"제 의견이라고요?" JJ 경감이 가볍게 미소를 지었다. "제 의견은 말씀드리지 않겠습니다. 제 의견은 제가 간직합니다. 단지 이번 사건이 사회적 경각심이 지나치다는 것은 말씀드릴 수 있겠군요. 우리 모두에게 영향을 주고 있다는 사실을 저도 인정합니다. 비슷한 사건들이 있었지만, 이번만큼 소란스러웠던 적은 한 번도 없었습니다."

"언론의 여론 몰이 탓이겠군요." 파트리시아가 말했다.

"그럴 수도 있겠지요." 경감이 말했다. "말씀하시는

언론의 여론 몰이는 언제나 있습니다. 언제나 먹잇감을 찾지요. 항상 성공하는 것은 아니지만요. 그리고 더 있습니다. 우리 사회에 잠재된 무언가가 있지요. 어떤 때는 드러나고 어떤 때는 드러나지 않지요. 드러날 때 사회적 경각심이 생기는 것이지요. 이해하시겠습니까?"

파트리시아와 헤르만은 고개를 끄덕였다.

JJ 경감은 토스트를 다 먹고 나서 단숨에 커피를 들이켰다. 헤르만이 계산하려고 하자 못 하게 했다.

"제가 초대하겠다고 말씀드렸습니다."

"그러면……. 감사합니다."

"이제 저는 잠시 눈을 붙이러 가려고 합니다. 잠이 부족하거든요." JJ 경감이 일어났다. 파트리시아와 헤르만도 따라 일어났다. "한 가지만 더 말씀드리지요. 경찰이 하는 일을 믿어 주십시오."

"경찰서 앞에 와서 헤르만은 JJ 경감과 악수를 하면서 말했다.

"저희에게 많은 것을 알려 주지는 않으셨습니다만, 적어도 믿음을 주셨습니다."

"그렇다면 다행입니다."

파트리시아는 악수를 하면서 그 기회를 이용해서 한

마디 했다.

"그 학생이 거짓말을 하고 있습니다. 틀림없어요. 진실을 밝혀야 합니다."

"그 여학생을 알고 계십니까?" 경감이 물었다.

"아니요."

"그렇다면 어떻게 그렇게 확신할 수 있으십니까?"

"왜냐하면 저는 L을 알고 있기 때문입니다. 그런 일을 저지를 사람이 아니라고 확신합니다."

"그렇게 선급하게 단정짓지 마십시오." 경감이 말했다.

"제가 말씀을 드리면……." 헤르만이 말을 받았다.

"저는 경찰들이, 특히 경감님과 같은 분은 경험과 책임감이 있으시고 특별한 직감을 바탕으로 일을 처리하실 거라 믿습니다."

"네, 그렇지요." JJ 경감이 말했다.

"그러면 그 여학생에 대한 직감은 무엇입니까?"

"저를 함정에 빠뜨리려는 질문이군요." 경감은 다시 입가에 미소를 지으려 했지만 웃지 않았다. "하지만 모든 것에도 불구하고 한마디 말씀드리겠습니다. 그 여학생의 압도적인 확신에 저도 놀랐습니다. 그 학생의 이야기는 설득력이 있고 완벽했으며, 빈틈이 없었고 흠잡을 데가 없었습니다. 불행하게도 의사들이 결정적인 증거를 찾을 수는 없었지만, 직관이라고 말씀하시는 그것 이외에도 거짓말을 하고 있다고 생각할 수 있는 것이 아무것도 없었습니다."

"그 말씀은……."

"아무것도 아닙니다." JJ 경감이 단호하게 말을 잘랐다. "직감으로는 아무 일도 하지 않습니다."

"저는 동의하지 않습니다. 수많은 경우 직감을 발동시켜서……."

"네, 무슨 말씀을 하시려는지 압니다. 하지만 저희는 직감으로 사건을 처리하지는 않습니다."

이번에는 경감이 더는 말을 잇지 않고 빠르게 자리를 떴다. 길을 건너 경찰서 옆 지정 주차 구역에 세워 놓았던 자동차에 올라탄 뒤 시동을 걸고 떠났다. 그들이 있는 곳을 지날 때 인사하려는 듯 왼손을 들어 보였다.

파트리시아와 헤르만은 오전 내내 함께 있었다. 근처 공원을 함께 산책하고 그다음에 패스트푸드 식당에 들어갔다.

"시간이 많지 않아." 그녀가 말했다. "알지? 나, 오늘 오후에 근무야."

테이블에 앉아 음식을 앞에 놓고 나서 두 사람은 경찰서에 가서 JJ 경감과 이야기 나누기를 잘했다고 생각했다. 정말 운이 좋았다. 일 분만 늦었더라도 틀림없이 그는 잠을 자러 가서 아무것도 알아낼 수 없었을 것이다.

"모든 게 그대로야. 하지만 그 경감과 이야기를 하고 나니 좀 편안해졌어." 헤르만이 말했다. "그런데 그 JJ 경감도 조금 특이해. 그렇지 않아?"

"특이한 게 낫지. 바보 같으면 큰 문제잖아. 안 그래?"

"물론이야."

"지금 이 순간 누군가가 특이한 사람을 찾는다면 바로 우리일 거야."

두 사람은 웃었다.

"적어도 내가 단순한 방관자처럼 팔짱을 끼고 구경만 하고 있지는 않는다는 느낌이야." 헤르만이 계속 이야기했다.

"그건 사실이야." 파트리시아가 인정했다. "나도 그런 기분이야."

그들은 거의 동시에 먹으면서 이야기를 했다. 두 사

람 모두 토마토와 햄 토스트를 거침없이 먹던 JJ 경감의 모습을 떠올렸다.

"그가 의심하고 있는 것 같아."

"맞아. 사실 경찰의 임무는 항상 의심을 품고 진실을 밝히는 것이지만 말이야."

"진실이 밝혀졌으면 좋겠다."

"우리가 해야 할 일에 대한 힌트를 주었어. 먼저 변호사와 이야기하는 거야."

"L은 혼자가 아니고 그 감옥의 담장 밖에서 그를 생각해 주고 행운을 빌어 주는 누군가가 있다는 사실을 알아야 해."

"지금으로서는 그게 중요해."

"그의 변호사와 접촉하는 것이 급선무야."

"아마 JJ 경감은 우리가 누구와 이야기를 해야 할지 이야기해 준 것 같아. 국선 변호사 이야기를 한 것 같아. L은 한 푼도 없잖아."

"텔레비전을 켜거나 라디오를 들으면 알 수 있을 거야……. 틀림없이 언론의 여론 몰이가 아직도 진행 중일 거야."

"그 변호사가 서커스단처럼 끌려다니지 않았으면 좋

겠다."

"그건 끔찍한데."

"처음이 아닐 거야."

"어쨌든 세고비아로 돌아가면서 소토 델 레알의 감옥에 가 볼 생각이야."

"가는 길이 아니잖아."

"맞아, 돌아가야 하지만 가 볼게. 거기 가서 물어볼게. 면회하려면 뭘 해야 하는지 알아볼게. 가장 급한 일이 면회야. 얼굴을 보고 우리가 옆에 있다는 사실을 알려 줘야 해. 우리가 그의 결백을 믿는다는 사실을 알려 줘야 해."

"맞아, 제일 먼저 해야 할 일이야!" 파트리시아가 여러 번 고개를 끄덕였다. "오늘 밤 전화해서 이야기해 줘."

식사를 마치고 헤르만은 파트리시아를 병원까지 데려다주었다. 그러고 나서 세고비아로 떠났다. 이번에는 소토 델 레알에 들러서 돌아가는 긴 여정이 될 것이다.

9
장

"나는 양심이 없어."

MK는 침대에 누워 오랜 시간 깨어 있었고, 그 문장이 계속해서 그녀를 괴롭혔다. 큰 소리로 반복하기까지 했다.

최근 마리아 호세 선생님과 나눈 대화 때문에 죄책감을 느꼈다. '윤리'와 '양심'이라는 단어가 나왔기 때문이다. 철학 시험 준비를 할 때가 아니면 그녀나 또래 친구들이 생각하는 단어가 아니었다. 그런 건 삼각법의 문제, 화학 공식, 형용사절, 또는 르네상스의 기념물과 같은 종류로 시험에 통과하기 위한 것들이었다. 그뿐이었다. 어떤 열여섯 살짜리 청소년이 친구들과 만나서 윤리나 양심에 대한 이야기를 할까? 생각만 해도 웃음이 나왔다. 아마 윤리나 양심과 같은 이야기는 알고 있는 단어도 아니고 흥미도 없을 것이다. 하지만 그럼에도 불구하고 어떤 인간도 윤리와 양심에서 벗어날 수 없었다. 아직 정확한 의미를 알지 못하지만, 그 단어는 중요해 보였다. 무엇보다 직접적으로 사람들에게 영향을 미치기 때문이었다. 곧바로 사람들의 수만큼이나 다양한 윤리가 존재할 수 있다는 결론에 이르렀다. 왜 아니겠는가? 도둑도 자신만의 윤리를 가질 수 있지 않을까? 비록 그것이 사회 규범에 어긋나더라도 말이다. 윤리는 개인적인 것인가? 아니면 사회적인 것인가? 심지어 살인자도 그의 윤리를 가질 수 있는 게 아닌가? 그녀와 같은 거짓말쟁이도 말이다. MK는 이불 속에서 뒤척이면서 쓸데없는 걱정으로 시간을 허비하고 있는 자신을 탓했다. 침대 끝에 앉아서 기지개를 켰다. 바닥에 있는 슬리퍼를 찾았다. 심리 치료사인 마리아 호세 선생님 생각을 하면서 일어났다. 마리아 호세 선생님은 윤리는 각자의 양심과 관계가 있기 때문에 중요하다고 했다.

"나는 양심이 없어." 다시 말했다. 머릿속에서 그 말을 떨쳐 버리고 싶었다. 지긋지긋했다. 현실에서보다 이상한 꿈속에서나 더 어울릴 생각이었다.

MK는 엄마가 아직 일어나지 않은 것이 이상했다. 다른 날이라면 이미 아침 식사를 준비하고 있을 시간이었다. 엄마 방을 들여다보았다.

"오늘 일 안 가요?" 엄마에게 물었다.

엄마가 기지개를 켰다.

"오늘은 일 안 해. 어제 너에게 말한다는 걸 깜빡했는데, 오늘 아침에 텔레비전 프로그램에 나갈 거야."

"또요?"

"응, 또."

MK는 아무 말도 하지 않고 방에서 나왔다. 잠시 뒤에 주방에서 아침 식사를 하면서 엄마가 다시 그 이야기를 꺼냈다. 어떤 식으로든 딸의 동의를 구해야겠다고 생각한 것 같았다.

"무척 인기 있는 프로그램이야. 아침 시간대의 최고 프로그램이지. 정말로 유명한 진행자가 나오는……."

"뭔지 알겠어요."

"인터뷰는 생방송인데, 열 시에 예정되어 있어. 무척 진지한 프로그램이야. 그러니까……."

"저는 아무 생각도 안 해요."

"이런 문제들을 공공연히 이야기하면 사회적으로 좋은 영향을 줄 수 있어."

"누구한테요?"

"누구긴 누구야. 비슷한 상황을 겪고 있는 다른 여자 아이들이지."

"저 같은 일을 겪는 다른 애들이 있다고는 생각하지 않아요."

"그렇지 않아. 정말 많은……."

"틀림없어요!" MK가 단호하게 말을 끊었다.

엄마는 가지고 있던 옷 중에 가장 새 옷을 차려입고 화장을 시작했다. 그러다 곧바로 텔레비전에 출연하기 전에 언제나 화장을 해 준다는 사실을 기억하고 그만두었다.

"돈이나 많이 주면 좋겠네요." 곧바로 MK가 쏘아붙였다.

엄마는 비난하는 말이라 생각하고 딸에게 가까이 다가갔다. 딸의 눈을 바라보았다.

"내가 방송하는 게 싫으면 안 할게." 엄마가 말했다. "이미 알고 있겠지만 네가 가장 중요해. 말만 하면 돼.

너랑 같이 집에 있으면 좋겠니?"

"가세요." MK가 짧게 대답했다.

"괜찮니?"

MK가 그 질문이 놀랍다는 듯 과장된 몸짓을 했다.

"아! 드디어 물어보시는군요!"

"무슨 말이야?"

그 순간 엄마의 휴대 전화가 울렸다. 텔레비전 스튜디오에서 보낸 택시 기사였다. 현관 앞의 거리에서 엄마를 기다리고 있었다. 대화를 그만 두기에 완벽한 핑계였다.

MK는 거실로 가서 소파에 몸을 던졌다. 리모컨을 들고 텔레비전을 켰다. 정신없이 채널을 이리저리 돌린 뒤에 그 유명한 진행자가 나오는 최고로 인기 있는 아침 프로그램을 찾았다. 방송은 막 시작되었다. 그날의 주요 이슈들을 하나씩 정리하면서 토론할 주제를 소개하고 있었다. 두 파트로 나누어서 요약하는 형식이었다. 먼저 정치 문제를 다루고 열 시 이후에는 사회 문제를 다룬다. 즉, MK의 엄마가 두 번째 파트를 열게 될 것이다.

MK는 화면을 바라보며, 자신이 단순한 관객이 되어 버렸다는 사실을 깨달았다. 단순히 텔레비전을 보고 있어서가 아니었다. 자신의 삶을 그저 지켜보는 방관자가 되어 있었다. 연기를 멈추고 주변에서 일어나는 일들을 바라볼 뿐이었다. 그 일들 대부분은 이해조차 할 수 없었다. 하지만 그것들은 그녀를 원하지 않는 방향으로 내몰았고 현실의 흐름에 그저 휩쓸려 가도록 만들었다. 그녀가 자신의 발밑에서 터뜨린 폭탄으로 이루고자 했던 것은 결코 이런 모습이 아니었다.

보통 때처럼 대부분 다큐멘터리만 방송하는 영어 채널로 돌렸다. 이번에는 비만 여성들이 나와 섭식 장애에 대해 이야기하고 있었다. 음식의 노예가 된 것 같고 원하지 않는 몸에 갇힌 죄수가 된 것 같다고 했다. 선반에 있는 작은 시계가 열 시를 알렸을 때 본능적으로 손가락이 움직였고 유명한 진행자가 나오는 최고 인기 프로그램으로 채널을 돌렸다. 그 순간 2부가 시작된다는 안내 방송이 나오면서 카메라가 유명 진행자를 비추었다. 그녀는 수백만 명의 시청자를 똑바로 바라보면서 그날의 인터뷰를 예고했다.

그러자 다른 카메라가 모던한 디자인에 굵은 선과 대

담한 색조로 꾸며진 스튜디오를 비추었다. MK의 엄마는 평소에 출연하던 토론자들로 보이는 몇 명의 사람들에 둘러싸인 채 그 유명한 진행자 바로 옆에 앉아 있었고, 다른 패널들이 그 주위에 반원형을 이루고 앉아 있었다. 그다음에 같은 카메라가 진행자와 초대 손님을 집중적으로 비추었다. 극적인 순간이었음에도 불구하고 MK는 엄마가 무척 예쁘다고 생각했다. 우아하게 머리를 손질했고 화장을 잘했다는 게 느껴졌다. 입술도 칠하지 않고 눈 화장도 하지 않고 머리를 묶은 채 경비원 옷을 입고 있을 때와는 완전히 달랐다. 엄마는 젊어 보였다. 훨씬 더 젊어 보였다. 무척 진지해 보였지만, 시선은 조금 멍해 보였다.

'무슨 생각을 하고 있을까?' MK는 생각했다. 그러고 나서 결심한 듯 텔레비전을 껐다.

샤워를 하고 옷을 입으면서 MK는 머릿속으로 한 가지 계획을 되새겼다. 그것은 근본적으로 사건의 상황을 바꿀 수 있는 것이어야 했다. 먼저 해야 할 일은 관객이 되는 것을 멈추는 것이다. 그러기 위해서는 한 가지 방법만 있었다. 행동하는 것이다. 지금까지 자신이 해 온 일을 생각하면 이제 방관만 하고 있을 수 없었다. 다른 사람들이 마음대로 행동하도록 내버려둘 수는 없었다.

"폭탄은 나를 향한 것이었어. 내 삶을 향한 것이었다고!" MK는 신발을 신으면서 큰 소리로 말했다.

자신 덕에 모두 돈을 벌고 있다면 그녀도 돈을 벌어야 한다고 제일 먼저 생각했다. 선생님에게 성폭행당한 여학생의 사건으로 누군가 돈을 벌어야 한다면 그건 바로 자신이어야 했다. 너무나 명백하고 논리적인 이야기다.

두 번째로 절박한 것은 집에서 나가는 것이다. 감옥으로 변한 집에서 고문을 당할 수 없었다. 그녀가 유죄 판결을 받은 것이 아니었다. 그 반대였다. 그녀는 희생자였다. 나라 전체를 감동시킨 가엾은 희생자다. 감옥은 L 선생님이 가 있었다.

집을 나오기 전에 목에 커다란 스카프를 둘렀다. 아무도 그녀를 알아보지 못하도록 누군가 다가오면 얼굴을 가리려고 했다. 문 앞에 잠시 멈춰서 생각했다. 그녀의 얼굴은 텔레비전에도, SNS에도, 그 어느 곳에도 공개되지 않았다. 단순한 사진 한 장도 소개된 적이 없다. 그녀는 미성년자였고 그런 방식으로 보호받고 있었다.

그러나 다시 생각해 보니 동네에도 뉴스가 퍼져서 분명히 모두 누가 폭행당한 학생인지 알고 있을지도 몰랐다. 매일 아침 학교에 가려고 집을 나서거나, 오래전 이혼해서 경비원으로 일하는 엄마와 가끔 슈퍼마켓에 장을 보러 가거나, 한 번도 가지는 않았지만 스포츠 센터에 수영 등록을 했을 때 누군가 MK를 보았을지도 모른다. 그러니 동네에서 멀어질 때까지는 조심해야 했다.

문을 열고 엘리베이터가 오기를 기다렸다가 현관 앞까지 타고 내려가고, 거리로 나가는 철문을 여는 일 등 지금까지 아무 생각 없이 해 왔던 행동이 이제는 무척 신경을 써야 하는 일이 되었다. 바깥 공기를 느끼자마자 생애 처음으로 호흡을 하듯 최대한 숨을 들이마셨다. 그러고 나서 스카프로 입과 코까지 가리고 버스 정류장을 향해 걷기 시작했다.

집을 나오기 전에 인터넷으로 길을 익혀 놓았다. 인쇄해서 주머니에 접어 넣기까지 했다. 도착할 때까지 버스를 두 번 타야 했다. 열한 시 반이다. 그 시각이면 틀림없이 엄마는 텔레비전 스튜디오를 나왔을 것이다. 인터뷰 뒤에 잠깐 이야기를 나누거나 카페에 가서 뭘 좀 마시거나 출연료를 받으려고 사무실에 들러야 할 수도 있겠지만 말이다. 틀림없이 그 시각이면 엄마는 집으로 돌아오고 있을 것이다. 어쩌면 길에서 마주치거나 버스에서 서로를 볼 가능성도 있었다.

유명한 진행자가 진행하는 아침 최고의 인기 프로그램은 열두 시 반에 끝난다. 정확하게 그 시각에 텔레비전 스튜디오에 도착할 계획이었다.

버스에 자리 하나가 비어 있어서 MK는 창가 쪽에 앉았다. 차창 밖 분주한 거리를 호기심 가득 찬 눈으로 바라보았다. 모든 것이 비슷하고 단조롭게 보였다. 이리저리 움직이는 자동차와 문을 연 가게들……. 이 시간에 저렇게 많은 사람이 어디로 가는 것일까? 그들은 일하지 않나? 공부하지 않나? 여기저기로 쏘다니는 것보다 더 좋은 일이 없는 것일까? 그녀는 학교에 있어야 했다. 화요일이고 이제 시계가 열두 시 십 분 전을 가리키고 있다. 그렇다면 생물 시간일 것이다.

침을 삼켰다. 그랬다. L 선생님 담당의 생물 시간이었다. 학교 생각을 했고 누가 그 수업을 맡고 있을까 생각해 보았다. 다른 선생님이 맡았을까? 아니면 대체 교사가 왔을까? 친구들 생각을 했다. 그 모든 일에 대해 친구들은 뭐라고 생각하고 있을까? 친구들은 그녀를 믿을까? 많은 사람이 그녀를 좋아하지 않는다는 사실을 알고 있었다. 한 번도 말을 섞지 않은 친구가 많았다. 그리고 또한 L 선생님은 괴짜이며 조금 특이하지만 나쁜 사람이 아니라는 사실도 알았다. 어떤 학생들은 모르타델로✦라는 별명을 붙였다. 틀림없이 그 유명한 만화에서 튀어나온 것처럼 보였다. 한번은 L 선생님이 복도에서 그 별명을 사용해서 자신의 이야기를 하고 있던 두 명의 학생과 마주친 적이 있었다. 기분 나빠하기는커녕 그 아이들과 만화에 대해 이야기하고 그 책을 읽어 보라고 권하기까지 했다.

열두 시 삼십 분이 되기 조금 전에 유명한 진행자가 진행하는 아침 인기 프로그램 스튜디오에 도착했다. 스페인에서 가장 중요한 방송국 중 하나였다. 스튜디오는 방송국 본관에 위치했다. 왜냐하면, 매일 아침 그곳에서 생방송으로 프로그램이 송출되었기 때문이다. 건물 가장 높은 곳, 지붕 위에 채널의 로고가 눈에 띄었다. 밤이

✦ 1958년 프란시스코 이바녜스의 《모르타델로와 필레몬》 시리즈에 나오는 인물: 옮긴이

면 빛이 날 것이라고 상상했다. 정원처럼 꾸며 놓은 좁은 공간을 지나서 무척 큰 유리문 앞에 도착했다. 그곳에 경비원이 있었다. 경비회사가 엄마가 다니는 회사였다. 웃음이 나왔다. 틀림없이 몇 시간 전에 엄마는 동료를 알아보고 인사를 나누었을 것이다.

"안녕하세요?" 경비원이 인사를 했다. 사실상 '어디 가니?'라고 묻는 말이었다.

"여기에서 약속이 있어요……." 그러면서 MK는 유명한 진행자의 이름을 말했다.

경비원이 들어가라고 손짓을 하고 젊은 여성이 있는 데스크로 보냈다. 그곳에서 몇 가지 수속을 해야 했다.

데스크의 젊은 여성은 곧바로 필요한 질문을 했다.

"어디 가세요?"

그러자 MK는 다시 거짓말을 하면서 그 유명한 진행자와 그곳에서 약속이 있다고 말했다.

"이름이 뭐예요?" 젊은 여성이 다시 물었다.

"MK입니다."

"MK라고요?"

"학교에서 생물 선생님에게 성폭행당한 여학생이에요."

데스크의 젊은 여성은 그녀를 위아래로 훑어보며 잠

시 아무 말도 하지 못했다.

"신분증을 주세요." 마침내 말했다.

MK는 가방을 열어서 뒤적뒤적 신분증을 찾아내 데스크 위에 올려놓았다. 젊은 여성은 앞뒷면 모두 자세히 살펴보았다. 그러고 나서 한참 동안 그녀를 바라보았다. 그녀의 눈에는 혼란과 망설임이 서려 있었다. 그녀가 마침내 수화기를 들고 전화를 걸었다. 손목시계를 바라보고 곧 벽에 걸려 있는 커다란 시계를 바라보았다. 열두 시 삼십칠 분이었다. 프로그램은 방금 끝났다. 그 유명한 진행자에 대해 물으며 전화를 바꿔 달라고 했다. 긴급한 용무라고 하면서 계속 부탁을 했다. 전화를 바꿔 주자 학교에서 선생님에게 성폭행을 당했다고 말하는 여학생이 거기에 있다고 설명했다. 이름을 물어보았고 신분증으로 확인도 했다고 덧붙였다. 젊은 여성은 한동안 말없이 듣기만 했다. 틀림없이 어떻게 해야 할지 지시를 받는 것 같았다. 그녀가 마침내 전화를 끊었다.

MK는 다른 경비원이 가방 검사를 하도록 해야 했고, 금속 탐지기 아래를 지나가야 했다. 그다음에는 작은 대기실 같은 곳으로 안내되었다. 인조가죽으로 덮인 몇 개의 의자가 있었는데 병원 진료실에서 보던 것과 비슷해 보였다. 그리고 낮은 테이블이 하나 있었다.

한 시가 지나서야, 그러니까 거의 삼십 분이 지난 다음에 그 유명한 진행자가 무척 좋은 양복을 입고 넥타이를 한 중년의 남자와 함께 들어왔다.

"내 대리인인 마르코 씨예요." MK에게 대리인을 소개해 주었다.

처음 몇 분 동안은 MK가 진짜 MK인지 확인하는 데 집중했다. 확인이 끝나자 모두 긴장을 풀었다. 진행자는 의자 등받이에 등을 대고 깊숙이 기대앉았다.

"이제 여기에 왜 방문하게 되었는지 그 이유를 설명해 줘요." 그녀가 MK에게 물었다.

MK는 말을 돌리지 않기로 했다. 그렇게 생각하자 점점 더 용기가 났다.

"모두 제 사건 이야기를 하고 있어요." MK가 말했다.

"그렇지요." 이번에는 진행자가 대답했다.

"제 엄마가 조금 전에 선생님 프로그램에 출연하셨어요. 아마 다른 프로그램에도 나가실 거예요. 엄마뿐만이 아니에요! 저도 프로그램에 나가고 싶어서 그 이야기를 하려고 여기까지 왔어요."

"네가?"

유명한 진행자와 대리인은 서로 눈으로 질문을 주고받았다.

"선생님 프로그램에서 이야기를 하고 돈을 벌고 싶어요. 제가 이 이야기의 주인공이잖아요. 안 그런가요? 사람들은 조연보다는 주인공을 더 좋아해요."

"하지만 이건 영화가 아니야." 대리인이 말을 받았다.

"아, 아닌가요? 그렇다면 그 비슷한 거요!"

"게다가, 너는 무척 특별한 주인공이 되어야 할 거라서. 미성년자이기 때문에 등을 보이며 인터뷰를 하거나 얼굴을 가리거나 목소리를 변형해야 할 거야."

"하지만 제가 말하는 내용이 중요하잖아요." MK가 고집을 부렸다.

"이제 그게 정말로 중요한지 잘 모르겠구나." 유명한 진행자가 어깨를 으쓱하고 MK를 뚫어져라 똑바로 바라보았다. "자, 너의 사건이 커다란 반향을 일으키며 언론에서 여론 몰이를 하고 있다는 사실은 나도 알고 있어. 하지만 너는 이 세계를 몰라. 어쩌다 이 사건이 딱 맞아떨어진 거야. 솔직하게 말할게. 이해했으면 좋겠구나. 사건이 난 바로 다음 날 네가 여기에 출연했다면, 그러니까 지난 금요일이었다면, 틀림없이 출연시켜 주었을 거야. 등을 돌리고 목소리를 변형해서라도 말이야. 내 말을 잘 들어. 부모님 동의조차 받지 않고 그렇게 했을 수도 있어. 하지만 이미 닷새나 지났어. 이 세계에서 '현재의 사건'이라고 말하기에는 긴 시간이지."

"제 사건이 이제 현재가 아니라는 말씀인가요?" MK가 놀라서 물었다.

"그래." 진행자가 대답했다. "너의 사건은 이제 두 번째 국면으로 접어들고 있어. 절대 가벼운 단계가 아니야. 이제는 너에게 일어난 일에 대한 정보를 계속 전달하는 것이 아니야. 왜냐하면, 그건 이제 모든 사람이 다 알거든. 이제는 토론과 논쟁의 국면으로 들어갔어. 이해하겠니?"

"아니요."

"사람들은 이제 사건의 결과를 요구해. 그러니까 사회적 행동, 행동의 동기, 법 자체에 대해 논의하고 싶어 하지. 모든 것이 논쟁의 주제가 되는 거야!"

"그러면 왜 방금 저희 엄마를 인터뷰하셨어요?"

"방금 마르코 씨가 아주 잘 설명을 했어." 유명한 진행자가 말했다. "너희 엄마는 이혼 여성이고 난관을 극복하기 위해 무척 고생하셨어. 그래서 적절한 시기에 너를 충분히 돌보지 못했을 수도 있지. 모르겠니? 엄마의 증언은 우리의 사회 시스템에 문제를 던져 주고 있어. 그건 지금 우리가 정말로 관심 갖고 있는 내용이야. 토론, 토론, 토론. 닷새 또는 엿새나 지난 다음에 너를 아침 방송에 불러내는 건 의미가 없어. 너는 사람들이 이미 알고 있는 이야기만 할 거야. 게다가 경쟁 방송국에서 나를 '썩은 언론인' 이라고 욕할 거리만 제공하게 될 거야."

충동적으로 그곳까지 왔던 MK는 점점 힘을 잃어 갔다. 무슨 말을 하는지 하나도 이해할 수 없었다. 그러나 대꾸할 거리도 없고 항변할 힘도 없으며 어떤 주장도 할 수 없었다.

"정말로 우리가 인터뷰하고 싶은 사람이 누군지 아니?" 진행자가 다시 말을 시작했다. "그러니까 예를 들어 너희 학교 교장 선생님 같은 사람 말이야. 그런 인터뷰야 말로 논쟁을 폭발시키겠지. 생각해 봐. 교육 시스템 전체를 문제삼는 기회가 될 거야. 하지만 그 여자는 절대 인터뷰하지 않겠다고 버티고 있어. 우리가 얼마나 시도했는지 모를 거야." 그녀는 MK의 반응을 살피며

덧붙였다. "그리고 또 너를 보살펴 주고 있는 심리 치료사나 파트리시아와도 인터뷰를 하고 싶지."

"파트리시아요?" MK가 이상하다는 듯 물었다.

"파트리시아가 누군지 모르니?"

"몰라요."

"L 선생님과 한 아파트에서 사는 여성이야. 두 사람이 연인 관계는 아닌 것 같은데 같은 집에서 살고 있어. 그녀와의 인터뷰도 불가능했어."

"왜요?" MK가 천진난만하게 물었다.

"단호하게 거부했어."

"돈을 주겠다고 했어요?"

"물론이지. 우리는 그렇게 일하니까."

"그런데 왜 거부해요?"

"아마도 윤리적인 이유겠지."

MK는 그 자리가 무척 불편해지기 시작했다. 그 대기실은 감방으로 변하고 있고 조금이라도 빨리 그곳에서 나가야 했다. 심지어 망할 그 단어가 다시 나왔다. 윤리. MK는 아직 그 단어에서 벗어나지 못했는데! MK는 자리에서 일어났다. 유명한 진행자와 그녀의 대리인도 순간 따라 일어났다. 그녀가 조금 가까이 다가와서 부드럽게 팔을 잡았다.

"괜찮니?" MK에게 물었다.

"괜찮아요." MK의 대답은 이제 그 대화를 끝내고 그 곳을 떠나려는 시도였다.

"뭔가 필요하면……."

"아무것도 필요 없어요. 이제 가 보겠습니다."

세 사람은 대기실에서 나왔다. 유명한 진행자는 MK의 양 볼에 입을 맞춰 주면서 화장을 지우기 위해 분장실로 돌아가야 한다고 말했다. 그녀의 대리인이 문까지 함께했다. 문 앞에 와서 지갑을 열더니 명함을 꺼냈다.

"내 이름은 마르코야. 기억해 두렴." 그가 말했다. "자, 지금 상황은 이렇지만 나중에 뜻밖의 일이 생길 수도 있단다. 그런 일은 무척 자주 일어나지."

"아, 네……." MK는 명함을 받고 바로 그곳을 떠났다.

거리로 나오니 버스가 오고 있었다. 버스를 놓치지 않으려고 뛰었다. 버스는 반쯤 비어 있었다. 다시 창가에 앉았다. MK는 방금 나누었던 대화를 생각했다. 그녀는 이제 현재가 아니다. 그녀의 사건은 두 번째 국면으로 접어들었고 이제는 자극적인 논쟁과 토론이 중요했다. 그뿐이다. 부모님들과 심리 치료사가 일상으로 돌아가라고 하는 이유를 이해했다. 이제 남은 일은 그뿐이다. 일상으로 돌아가는 것. 그들에게는 일상으로 돌아가는 일은 학교로 돌아가는 것뿐이다. 그렇게 한다면 그녀의 사건은 이제 모두에게 끝난 일이 될 것이다. 세상은 이미 그녀 사건을 버렸고 소화까지 끝냈다. 그녀가 일상으로 돌아가는 것만이 남은 사람들 역시 일상으로 돌아갈 수 있는 마지막 열쇠였다. 단 한 사람 L 선생님은 일상으로 돌아갈 수 없을 것이다.

그 순간 MK는 자신에게 아직 한 가지 강력한 카드가 남아 있다는 사실을 떠올렸다. 그 카드를 제대로 사용한다면 그녀의 사건은 다시 첫 번째 국면으로 돌아가고 온 세상이 다시 MK를 주목할 것이다. MK는 손가락 사이에 마르코의 명함을 끼워 들었다. 그에게 전화를 걸어서 그 카드에 대해 이야기를 하면 된다. 그리고 그 전에 반드시 물어봐야 할 것이 하나 있다. 그녀에게 얼마를 지불할 수 있는지.

10 장

MK는 오후 세 시 반이 조금 지나서야 집에 도착했다. 첫 번째 탔던 버스에서 내려서 낯선 동네를 산책했다. 이름도 모르는 동네였다. 그저 아무도 그녀를 알아보지 못하는 동네에서 자유롭게 걷고 싶었다. 누군가 자기를 알아보고 손가락질하지 않을 것 같은 도시에서 불안감을 느끼지 않고 평범하게 걸어 보고 싶었다.

하지만 곧 깨달았다. 아무도 그녀를 알아보지 못할 것이라는 사실을. 최근 며칠 동안 모든 신문과 방송에서 그녀에 대한 이야기를 너무나 많이 해서 길 가다 마주치는 사람에게 물어본다면 틀림없이 모두 그녀의 이야기를 상세하게 알고 있을 것이다. 그러나 그녀를 알아보는 일은 그렇게 쉬운 일이 아니다. 그녀의 이름, 아니 그녀의 이름도 첫 글자만 나왔다. 그러나 얼굴이나 목소리도 나오지 않았고 몸의 그림자조차 나오지 않았다.

집에 들어가자 엄마가 초조하게 걱정하면서 기다리고 있었다.

"오전 내내 너에게 전화를 했어!"

"휴대폰이 꺼져 있었어요."

"어디 있었던 거야?"

"그냥 여기저기."

"너 혼자?"

MK는 피식 웃음이 나왔다. 엄마가 그런 질문을 한다는 게 우스웠다.

"엄마, 나는 내 인생의 반을 혼자 지냈어요." 경멸조로 말했다.

"하지만 이제는 모든 것이 달라."

"다르다고요?" MK는 무척 놀란 척했다. "내가 아픈 것도 아니고, 장애가 있는 것도 아닌데? 아니요. 아무것도 달라지지 않았어요. 그리고 그게 문제예요."

"그게 무슨 말이야?"

MK는 아무에게도, 심지어는 엄마에게도 설명하고

싶지 않다는 사실을 이해시키려는 듯 고개를 세차게 흔들었다. 그녀의 일이다. 아무도 이해할 수 없을 것이다.

"모두 제가 일상으로 돌아가기를 바라는 거 아닌가요? 계속 그 이야기만 하고 있는 거 아닌가요? 자, 보세요. 거리로 나갔고 집에 늦게 들어왔어요. 오늘 제가 그걸 했다고요. 그러니까 제 일상으로 돌아간 거지요."

"그러면 학교는?"

"그러니까 엄마가 걱정하는 건 학교뿐이죠!" MK가 폭발했다. "빌어먹을 학교!"

"그렇게 말하지 마!"

"학교로 돌아갈 때 저의 일상이 시작될 거라고 생각하는 거 아닌가요? 다시 지긋지긋한 수업과 시험과 책과 선생님들……. 그리고 목요일 오후에는 아빠 집으로 가고. 왜냐하면 내 의견은 물어보지도 않고 그렇게 결정했으니까요. 그리고 다시 매일매일 욕을 하겠죠. 그리고 평생 그래왔던 것처럼 다시 저를 때리겠지요. 제가 모든 걸 대신 뒤집어써야 한다는 걸 잊지 않도록 말이에요. 그렇게 하려면 제가 학교로 돌아가야 하는 거지요?"

"그렇게 말하지 마!"

"일상, 일상, 일상!"

엄마는 고개를 숙이고 두 손으로 얼굴을 감쌌다. MK는 화가 나서 방으로 들어갔다.

한 시간쯤 지나서 엄마는 그녀를 찾으러 와서 주방으로 데리고 가 먹을 것을 준비했다. 언제나처럼 마주 보고 앉아서 서로 바라보지도 않고 한마디 말도 주고받지 않으면서 먹었다. 벽에 걸려 있는 작은 텔레비전은 꺼져 있었고 컵에 물을 따르는 소리라던가 접시에 부딪히는 숟가락 소리, 의자 끄는 소리, 빵을 자르는 소리 같은 몇 가지 소리만 들릴 뿐이었다. 보통 때는 들리지도 않을 일상의 사소한 소리들이었다. 그러나 그 상황에서는 거의 절대적으로 그 소리가 주인공이 되었다.

"그 프로그램 봤니?" 엄마가 물었다.

"아니요." MK는 많은 설명을 하려고 하지 않았다.

"모두 내가 무척 잘 나왔다고 했어."

"기쁘네요."

"생각해 봐. 중요한 건 이 일에 대해 이야기하고 밝히는 거야. 모든 사람이 알도록……."

"무엇을 위해서요?"

"윤리의 문제야. 사회가 의식을 하도록 이런 사건을 알려야 하는 거야."

MK는 고개를 저었다. 불편했다. 그녀가 들어야 하는 말이 그 말뿐인가 생각했다. 엄마 역시 그 거지 같은 말을 언급하고 있다. 이제 듣기 싫은 말이다. 가능한 빨리 다른 이야기로 바꾸고 싶었다.

"돈은 받았어요?"

"송금해 준다고 해서 계좌 번호를 알려 줬어. 하지만 우리 둘을 위한 돈이라는 거 알지? 우리에게 무척 유용할 거야. 큰 액수야. 내가 일 년을 일해도 그만큼 못 벌어. 그렇지만 돈을 주지 않았더라도 그 프로그램에 나갔을 거야."

"그렇지 않을 걸요." MK가 말했다.

"다시 말하지만, 그 돈은 우리 둘을 위한 거야."

MK는 사회의 도덕적 가치를 밝히는 슈퍼 영웅이라도 된 듯 텔레비전 프로그램에 나간 것을 변명하는 엄마의 말을 더는 듣고 싶지 않았다. 그래서 다시 말을 돌렸다.

"심리 치료사 마리아 호세 선생님과 이야기를 나누셨어요?"

"아니. 집에 왔을 때 몇 마디 말만 했어. 일요일이었나 보다. 그건 왜 묻는 거야?"

"선생님과 말을 맞췄나 하고요."

"맞추다니, 뭘?"

"윤리니 양심이니 하는 말 말이에요. 선생님이 자주 그 말씀을 하세요."

"아니. 내가 미리 생각해서 말한 거 아니야. 단순한 우연의 일치였을 거야. 하지만 어쨌든 맞는 말이지. 윤리와 양심은……."

"난 양심 같은 거 없어요."

"뭐라고? 지금……. 무슨 말을 하는 거야?"

"들은 대로예요. 그러니까 저는 양심이 없다고요. 그런 헛소리로 저를 괴롭히지 말라고요."

"모든 사람은 양심이 있어."

"그렇지 않아요. 그 증거가 바로 엄마 앞에 있어요."

엄마는 여러 번 고개를 저었다. 딸이 그런 식으로 행동할 때는 어떻게 해 볼 도리가 없다는 사실을 알았다. 커피 메이커에서 소리가 나서 커피를 따르려고 일어났다.

"아빠와 이야기해 보았어요?" 갑자기 MK가 물었다.

"세 시에 전화했던 것 같아. 네가 걱정이 되어서 혹시 아빠와 함께 있나 했어."

"아빠도 텔레비전에 나가요?"

"응. 그렇게 알고 있어."

MK는 아빠도 마르코가 설명해 준 대로 그녀의 사건의 두 번째 국면에 딱 맞아떨어진다고 생각했다. 아빠는 사전에 준비된 대사를 외우지 않아도 프로그램이 원하는 '각본' 속에 자연스럽게 녹아들 수 있는 사람이었다. 그는 복수에 대한 열망, 폭력, 야성적인 힘, 통제 불능……. 이런 것들을 대표했다. 그것이 사람들이 아빠에게 기대하는 것이었다. 틀림없이 그들을 실망시키지 않을 것이다. 딸을 범한 자의 목을 잡고 조이고 조이고 또 조이는 아빠……. 논쟁과 토론과 욕설을 위해 딱 맞는 인물이었다!

그러면 카를로스는? 왜 사람들이 카를로스도 찾는 것일까? 그를 잘 안다. 틀림없이 돈을 벌 수 있는 기회를 놓칠 리가 없다고 생각했다. 어쩌면 스스로 가겠다고 제안했을 가능성도 컸다. 마음이 아픈 애인, 그렇지만 동시에 배려심 있고 무엇보다 자신의 애인을 도와줄 준비가 되어 있는 사람. 착하고 이상적이고 이해심 있는 애인. 그것이 원고에 나온 그의 역할이다. MK는 어쩌면 카를로스에게서 마음이 떠난 것 같다고 생각했다. 알 수 있었다. 그건 알아차리기 위해 노력을 해야 하는 일이 아니었다. 그녀가 살기 원하는 멋진 일들에 대해 몇 초만 생각해도 꿈꿀 수 있는, 그녀의 미래에 대한 생각만으로도 충분했다. 그런 상상 속에 카를로스는 절대로 그녀의 앞에 나타나지 않았다.

커피를 마시려고 일어났다.

"네가 커피 마시는 법이 없어서 네 건 안 따랐는데." 엄마가 변명을 했다.

"아, 그런데 오늘은 마시고 싶어요." MK가 말을 끊었다.

"거실에서 마실까?"

"네, 그게 좋겠어요."

손에 잔을 들고 거실로 가면서 MK는 그 유명한 진행자와 마르코를 만나고 난 뒤 텔레비전 스튜디오를 떠날 때 떠올랐던 생각이 다시 머릿속 가장 중요한 지점에 자리 잡았다는 사실을 깨달았다. 아직 그녀에게 남아 있는 카드 말이다. 그 카드를 꺼내는 순간, 이 이상한 게임의 판이 완전히 뒤집힐 것이다. 적절한 순간에 그 카드가 밝혀진다면 오직 그녀만이 이 이야기의 주인공이 될 것이다. 그 순간부터는 오직 그녀의 말만 관심을 끌게 될 것이고 엄마도, 아빠도, 카를로스도 모두 무대 밖으로 밀려날 것이다. 그때부터 오직 중요한 것은 그녀의 말, 그녀 자신, MK 단 한 사람.

거실에서 엄마와 딸은 소파에 앉았다. 두 사람 모두 끝에 자리 잡았다. 두 사람은 동시에 커피를 마셨다. 그러나 아무도 커피잔을 손에서 놓지 않았다. 커피잔은 손가락 사이에서 장난감이 되어 있었다. MK는 선반에 있는 추가 달린 작은 시계를 바라보았다. 하지만 시간을 확인하지 않았다. 물건들을 돌아보았지만 마치 아무것도 보지 않는 것 같았다. 생각에 몰두해서 아무것도 보이지 않았다. 갑자기, MK가 말을 꺼냈다. 엄마를 향해 말하는 것 같았지만, 마치 혼잣말을 하는 것 같은 느낌이었다.

"이 순간 내가 모든 것은 거짓말이었다고, 심각한 거짓말이었다고 한다고 상상해 보세요. 어떻게 할 거예요?"

"무슨 말이야?" 엄마가 놀라서 물었다.

"정확하게 말한 그대로예요."

"무슨 말인지 모르겠다. 무슨 게임이니?"

"원한다면 게임이라고 생각해도 돼요. 하지만 대답해 주세요. 어떻게 할 거예요?"

"네가 거짓말을 했다고 상상해 보라는 거야?"

"맞아요."

"하지만……. 거짓말한 거 아니지? 그렇지?" 갑자기 엄마의 얼굴이 굳어졌다.

"상상만 해 보시라고요."

"나를 놀라게 하는구나. 말을 돌리지 말고 나에게 사실을 말해 줘."

"시간을 갖고 생각해 보세요." MK가 아무 일도 아니라는 듯 대답했다. "그 상황에 들어가려면 어려울 거라는 거 알아요. 엄마가 배우고 한 사람의 역할을 하고 있다고, 다시 말해서 한 사람의 삶을 살아야 한다고 상상해 보라고요. 우리 집안은 연기에 특별한 재능이 있는 것 같아요. 우리 조상 중 아무도 그걸 알아차리지 못했던 것 같아요."

엄마는 눈에 띄게 예민해져서 테이블에 커피잔을 내려놓고 딸에게 다가갔다.

"학교에서 일어났던 일이……. 틀림없니?"

"그 말을 하고 있는 게 아니잖아요."

"하지만 나는 그 말을 하고 싶구나."

"내가 거짓말을 했다고 상상해 보시라고요!" MK가 목소리를 높였다. "한 번이라도 그걸 상상해 보라고요! 그게 그렇게 어려워요?"

"알았어. 단지 상상만 해 볼게." 엄마는 마침내 딸이 원하는 대로 하려는 것처럼 보였다. 몸을 앞으로 내밀고 팔꿈치를 무릎 위에 올려놓았다. 손바닥을 펼쳐서 머리를 감싸려고 했다. "뭘 알고 싶은 거니?"

"어떻게 할 거예요?"

그 자세에서 엄마는 한참 동안 움직이지 않고 침묵을 지켰다. 그러고 나서 딸에게 몸을 돌려 딸을 똑바로 바라보았다.

"내가 어떻게 할 건지 알고 싶은 거니?"

"네. 하지만 단정적으로 한 마디로 바로 대답하지 마세요. 깊이 생각을 해 보고 그 상황으로 들어가서 긍정적인 면, 부정적인 면 등 모든 것을 분석해 보는 거예요."

"그래, 그렇게 하고 있어. 상상해 보는 거야, 그냥 상상하는 거라고. 모든 게 거짓이라고 상상하고, 네가 이 모든 걸 지어냈다고 상상하는 거야…….”

“바로 그거예요.”

“내가 배우가 된 것처럼 그 상황에 들어가서 냉정하게 생각해 보고 우리가 처한 구체적인 상황, 그러니까 지금까지 중요하다고 생각했던 수많은 문제에 대해 생각해 보고 난 다음에……. 내 딸이 그런 거짓말을 할 만큼 염치가 없고 양심이 없고 비인간적인 냉정함을 가졌다는 사실을 알게 되면……. 나는 어떻게 할까? 내 딸에게 모든 진실을 고백하라고 충고할 거야. 하지만 지금은 아니야.”

“무슨 말이에요?” MK는 놀랐다.

“나한테 솔직해지라고 한 거 아니었어? 내 딸에게 며칠만, 일주일이나 이 주일만 기다렸다 진실을 고백하라고 충고할 거야.”

MK는 엄마의 의도를 알 수 있을 것 같았다. 그래서 물었다.

“아무 문제없이 텔레비전 프로그램 출연료를 받기 위해선가요? 어쩌면 인터뷰를 조금 더 하기 위해서?”

“네 말대로야. 이 순간 황금 알을 낳는 거위를 죽이

는 건 어리석은 짓이야."

"지금 저를 말하는 거예요?" MK는 경멸 섞인 눈빛으로 쳐다보았다.

"아니, 아니야. 단지 게임을 하고 있다는 걸 기억해." 엄마가 서둘러 해명했다. "네가 상상해 보라고 했잖아. 그런 상황을 가정해 보라고 했잖아."

"하지만……. 정말 그렇게 행동할 거예요?"

"응."

"뻔뻔한 짓이라고 생각하지 않아요?"

"내 딸의 거짓말과 비교하면 아무것도 아니지."

엄마의 얼굴은 다시 평소의 모습을 되찾았다. 의문의 그림자, 아니 의심의 조짐은 완전히 바뀌어 있었다. 모든 근육과 힘줄이 경련을 일으켜서 폭발하기 직전인 듯 보였다. 눈빛은 여러 감정을 표현하고 있었다. 기분 좋은 느낌은 아무것도 없었다. 두려움, 근심, 놀라움, 의지할 데 없는 고립무원의 처지, 슬픔…….

"그럼 아빠는요?" 갑자기 스스로 빠져 버린 생각의 미로 속에서 길을 잃은 듯 MK가 물었다. "아빠는 어떻게 할까요?"

"네가 상상할 수 있잖아. 처음에는 불같이 화를 내겠

지. 하지만 결국은 똑같을 거야."

"아빠도 저에게 며칠, 일주일 아니 이 주일 기다리라고 할 거라는 말이에요?"

"틀림없이 그럴 거야."

갑자기 뜻하지 않게 MK의 머릿속에 카를로스가 떠올랐다. 방금 엄마에게 생각해 보라고 한 상황을 똑같이 이야기해 주면 카를로스는 어떻게 할까? 오래 생각할 필요도 없었다. 게다가 그 순간 카를로스의 의견 따위는 전혀 관심이 없다는 사실을 깨달았다. 미래의 계획이나 희망 속에 카를로스가 절대로 나타나지 않는다면, 왜 쓸데없이 그에 대해 생각한 걸까? 맞다. 카를로스가 길을 보여 주었다. 폭탄을 알려 주었다. 그러나 그뿐이다. 그것을 터뜨린 건 그녀 자신이었다.

엄마가 소파에서 조금 움직여서 가까이에 자리 잡았다. 마치 그 눈빛으로 그녀의 내면을 꿰뚫어서 딸이 감춘 모든 비밀을 알아내려는 것처럼 눈을 떼지 않았다.

"나에게 진실을 이야기해 줄 거니? 아니면 계속 게임을 하려고 하니? 엄마가 MK에게 물었다.

"계속 게임을 해요."

MK는 자신의 생각을 통제할 수 없었다. 머릿속에서

반란이 일어난 것 같았다. 머릿속은 절대적인 혼란이 지배하고 있었다. 그러한 상황에서는 어떤 길을 찾는다거나, 아니면 단순히 어떤 것에 대한 확신을 갖는 것이 불가능했다. 어쩌면 마리아 호세 선생님의 말을 받아들여서 양심이 시키는 대로 따라가야 할지도 모른다. 괜찮아 보였다. 모든 것을 잊어버리고 양심이 시키는 대로 따라가는 것이다. 하지만 새로운 불편한 사실이 떠올랐다. 그녀에게 양심이 없었다는 사실이다.

MK 스스로 양심이 없었다고 생각할 만한 일은 수없이 많았다. 그 모든 일 중 가장 중요한 것은 L 선생님에 대한 동정심이 전혀 없었다는 것이다. 두꺼운 돌벽으로 된 중세의 성과 같은, 빛도 들어오지 않고 습기 차고 쥐들과 바퀴벌레들이 우글거리는 감옥 안에 갇혀서 비참한 상태에 놓여 있는 모습을 상상하면서도 말이다. 그녀만이 유일하게 책임이 있는 사람이다. 힘없고 아무 잘못 없는 그 남자는 살다가 양심 없는 한 아이와 마주쳐서 그런 불행을 겪고 있는 것이다.

"그러면 L 선생님은요?" 갑자기 잠에서 깨어난 듯 물었다.

"이제는 선생님이 결백하고 고소당할 만한 아무런 일

도 하지 않았다고 상상해야 하는 거야?" 엄마는 딸이 제안한 그 게임의 지침을 따르려고 애를 썼다.

"물론이에요."

"가엾은 사람!" 그에 대한 생각을 하려고 하자마자 소리쳤다.

"감옥에 있는 것이 정당할까요?"

"분명히 아니지."

"하지만 며칠만, 일주일, 아니 이 주일만 기다리라고 했잖아요. 그건 선생님이 계속 갇혀 있어야 한다는 말이잖아요."

"아마도 감옥에 갇히게 되었을 때 가장 큰 충격과 외상을 입었을 거야. 불행하게도 그건 아무도 지워 줄 수 없을 거야. 하지만 일단 한번 들어가고 난 다음에는 어쩔 수 없는 일이 되었을 거야. 며칠 더 있는다고 해서 크게 달라지지 않을 거야."

"일주일 아니면 이 주일이……."

"일주일이나 이 주일은 긴 시간이 아니야."

"감옥 밖에서는 그렇지요. 하지만 아마도 그 안에 있으면……. 상상해 보세요. 절망에 빠져서 목숨을 끊겠다고 결심할 수도 있어요."

"내가 그런 상상까지 해야 하니? 계속 게임을 하는 거니?"

"네, 물론이에요."

"그렇게까지는 하지 않을 거야."

"무엇에 근거해서요?"

"아무 근거도 없어. 그저 나는 너의 상상 놀이에 참여하는 것뿐이야."

MK 자신이 시작한 이 게임이 자신을 미치게 만들고 있었다. 게임이라고 부를 수도 없었다. 그것은 그녀를 부수고 있었고 어둠 속으로 끌어들이고 있었다. 그 어둠은 마치 바닥이 없는 검은 물처럼 짙고 무거웠다. 그리고 그 물은 돌이킬 수 없이 그녀를 집어삼키고 있었다. 그녀는 완전히 혼자였고 완벽하게 길을 잃어버렸다.

그 순간 선반 위에 놓인 추시계가 눈에 들어왔다. MK는 자리에서 벌떡 일어났다. 오후 6시가 다 되어 가고 있었다.

"나가요." 엄마에게 말했다.

"어디에?"

"마리아 호세 선생님과 약속이 있어요. 이제 집으로 더 안 오시고 진료실로 와야 한다고 말씀하셨어요."

"같이 갈게." 그리고 엄마도 소파에서 일어났다. "우리 계속 이야기해야 해."

"아니요!"

"같이 간다고 하잖아."

"혼자 간다고 하잖아요!"

"무례하게 굴지 마!" 엄마가 목소리를 높였다.

"제가 하고 싶은 대로 해요!" MK가 얼굴을 들이댔다.

"나한테 그런 식으로 말하는 거 허락할 수 없어!" 엄마가 이성을 잃었다. "쓸모없는 년, 대체 네가 뭐라고 생각하는 거야?"

하지만 MK는 더는 겁을 먹지 않기로 했다.

"자, 때려 봐요! 자, 다시 한번 나를 때려 보라고!" 소리치며 엄마를 부추겼다.

엄마는 침을 삼키고 주먹을 꽉 쥔 채 속에서 거칠게 꿈틀거리는 맹수들을 달래려고 노력했다.

"너는 한 대 맞아야 해." 엄마가 말투를 바꾸어서 말했다.

MK는 울고 싶었지만 꾹 참았다. 두 눈을 부릅떴다. 한 번이라도 깜빡했다가는 눈물이 쏟아져 나올 것 같았다. 화가 나서 이를 악물었다.

“마음속으로 저에게 벌을 주고 있지요.” 말 한마디 한마디 내뱉을 때마다 마음이 아팠다. “아빠와 엄마는 저에게 언제나 벌을 주었어요.”

MK가 몸을 돌려 거실을 나갔다. 몇 초 뒤에 집을 나서고 있었다.

11
장

목에 스카프를 두르고 나왔지만 스카프로 얼굴이나 머리카락을 가리려고 하지 않았다. 비록 동네나 거리에서 누군가와 마주칠 수 있고 그녀를 알아볼 수 있었지만 말이다.

'자, 저기 학교에서 선생님에게 폭행당한 여학생이 지나가고 있어. 맞아. 이혼하고 경비원으로 사는 여자 딸이야. 가엾어라! 얼굴은 괜찮아 보이네. 물론 속은 그렇지 못하겠지. 오늘 아침에 텔레비전 프로그램에 저 애 엄마가 나왔어. 모두 무척 힘들 거야.'

마리아 호세 선생님의 진료실로 가려면 지하철을 타는 것이 훨씬 나았다. 바로 문 앞까지 가기 때문이다. 지하철역이 집에서 조금 떨어져 있다는 점이 조금 불편했지만 말이다. 지하철역으로 걸어가면서 MK는 자신의 마음을 가득 채우는 감정을 정확히 정의해 보려고 했다. 그 감정은 완전히 그녀를 사로잡고서 속을 꾸깃꾸깃 구겨 버리는 것 같았다. 마치 내장이 종잇장인 듯 찢어질 듯한 기분이었다. 여러 단어가 머릿속에서 교차되었다. 그러나 마침내 하나의 단어가 남았다. '외로움'. 그것이 지금 MK가 진정으로 느끼는 감정이었다. 가슴을 짓누르는 숨 막힐 듯한 외로움. 부모님들과의 기억이나 카를로스와의 기억, 그리고 어쩌면 그녀를 걱정하고 있을 사람들에 대한 기억으로도 누그러지지 않는 극심한 외로움이었다. 자신이 생각했던 것만큼 그렇게 강하지 않다는 사실을, 적어도 그녀가 벌인 일의 결과를 견딜 만큼 그렇게 충분히 강하지 않다는 결론에 이르렀다. 왜냐하면, 그 결과들이 지금 그녀를 조금씩 무너뜨리고 있었기 때문이다. 그러니까 자신의 삶을 산산조각 내어서 새로운 MK로 솟아오르려던 계획이 실패로 돌아갔다는 사실을 인정해야 했다.

부슬부슬 비가 내리기 시작했다. 문득 지금 오후가 지난주 목요일 오후와 닮아 있다는 생각이 들었다. 그날도 뼛속까지 얼어붙을 만큼 차가운 비가 내렸다. 화가 나서 거리를 배회하다가 위로받으려고 카를로스에게 전화를 걸었었다. 그런데 그 순간 카를로스가 그녀에게 필요한 도움을 제공해 주었는지는 확신할 수 없다. 카를로스는 열여덟 살이 되었지만, 그녀가 필요한 것이 무엇인지 알아차리기에는 정신 연령이 형편없이 낮았고 뇌에 회백질이 부족했다.

지하철역 계단이 보이자 MK는 걸음을 재촉했다. 비에 젖은 채 마리아 호세 선생님의 진료실에 도착하고 싶지 않았다. 다행히 부슬비가 부드럽게 내렸다. 게다가 다행스럽게도 모자가 달린 재킷을 입고 나왔다. 비옷은 아니었지만 약간의 역할은 할 것이다.

지하철 안에서 MK는 서 있었다. 창문에 비치는 자신의 모습을 바라보았다. 그저 평범한 얼굴이었다. 온종일 수천 명의 얼굴이 같은 유리에 비치겠지. 그리고 자신은 그저 스쳐 가는 얼굴 중 하나에 불과하겠지. 얼굴들은 저마다 하나의 이야기를 숨기고 있을 것이다. 그리고 그녀와 마찬가지로 거짓을 숨기고 있을 가능성도 있다.

마리아 호세 선생님의 진료실은 도시 시내에 있는 오

래된 건물의 2층에 자리하고 있었다. 여러 심리 치료사가 함께 사용하는 공간이었다. MK는 문에 있는 표지판을 보고 그곳에서 일하는 심리 치료사들의 이름을 보았다. 모두 다섯 명이었다. 그러고 나서 '벨을 누르지 말고 들어오세요'라고 쓰여 있는 문구에 따라 문을 밀었다.

넓은 현관이 나왔고 앞에는 서류들로 가득 찬 책상이 있었다. 그 사이로 두 대의 컴퓨터 화면이 보였다. 하나는 데스크톱이었고 다른 하나는 노트북이었다. 젊은 남자가 그 서류들 사이에서 뭔가를 찾고 있었다.

"마리아 호세 선생님과 여섯 시 반에 약속이 있는데요." 그 남자에게 말했다.

"MK이신가요?" 그가 가볍게 고개를 들고서 물었다.

"네."

"복도를 따라서 오른쪽 세 번째 방으로 들어가세요. 기다리고 계십니다."

마리아 호세 선생님은 그녀를 보자마자 의자에서 일어나서 다가왔다. 다정하게 양 볼에 입을 맞춰 주면서 인사했다.

"찾기 어려웠니?"

"아니요."

"혼자 왔어?"

"누군가와 함께 왔어야 하나요?"

"아니, 아니야. 혼자 온 것이 훨씬 좋아 보인다. 어때?"

"좋아요." MK는 거짓말을 했다.

"그래. 정말로 좋은지 곧 확인해 보면 알지."

사무실에서 느낀 마리아 호세 선생님의 첫인상은 무질서였다. 그러나 질서 있는 무질서였다. MK가 들어갔을 때 심리 치료사는 사무실의 딱딱한 책상 뒤에 있는 의자에 앉아 있었다. 그러나 곧바로 다른 쪽에 있던 의자 두 개 위에 있던 서류철들을 치웠다. 가운데에 낮은 테이블이 있었고 의자가 마주보고 있었다.

"여기가 더 편할 거야."

두 사람은 동시에 앉았다. 그리고 마리아 호세 선생님은 평소에 하던 일을 했다. 그러니까 한 손에는 태블릿을 들고 다른 손에는 노트와 볼펜을 들었다. MK가 이야기를 시작하기 전에 몇 가지를 적었다.

"좋아, 말해 보렴." 그 두 마디는 사격 명령 같았다.

"무슨 이야기를 하라고 하시는 거예요?"

"어떤 느낌인지 그런 거?"

"이미 말씀드렸어요."

마리아 호세 선생님은 MK가 말할 준비가 제대로 되어 있지 않다는 사실을 알아차렸다. 조금 자극이 필요했다. 가장 중요한 지점에 도달하기 위해서, 그러니까 기분 상태는 어떤지, 수용할 수 있는 단계는 어디까지 왔는지, 그토록 드라마 같은 일을 겪고 나서 어느 정도 극복이 되었는지에 대한 이야기를 듣기 위해서는 아마도 간접적인 방법으로 우회해야 할 것 같았다.

"예를 들어서……." 심리 치료사가 주저했다. "시작하기 전에 오늘 뭘 했는지부터 말해 볼까?"

MK는 심리 치료사에게 거짓말을 할까 생각했다. 어떤 이야기든 꾸며낼 수 있었다. 진료실에 오기 전까지 종일 소파에서 텔레비전을 보면서 시간을 죽이고 집에서 나오지 않았다고 말할 수도 있었다. 그토록 커다란 거짓말을 한 그녀에게 그 정도의 거짓말은 어린아이들 장난 같았다.

"오늘 아침에 텔레비전 녹화실에 갔었어요."

심리 치료사가 깜짝 놀랐다.

"설마, 녹화한 건 아니지?" 걱정스럽게 물었다.

"네, 저는 이미 그들의 관심 대상이 아니에요."

"자, 그러니까……." 심리 치료사는 점점 더 놀랐다. "그 스튜디오에서 있었던 일을 모두 이야기해 줘."

MK는 그런 질문을 피하기 위해 왜 거짓말을 하지 않았을까 생각했다. 대강 둘러댈 생각이었다. 분명했다. 그래서 이야기를 시작한 순간 무슨 일인지 이해하지 못했다. 그녀의 혀와 성대가 그녀를 배반해서 그녀가 말하고 싶지 않았던 일을 말하기 시작했다. 아니면 반대일 수도 있다. 성대와 혀가 더 깊은 그녀의 소망과 직접 연결되어 있었을 수도 있다.

스튜디오에서 있었던 일을 모두 마리아 호세 선생님에게 이야기했다. 유명한 진행자와 그녀의 대리인인 마르코와 나누었던 이야기와 가방에 마르코의 명함을 가지고 있다는 이야기도 했다.

"이해되세요?" MK가 이야기를 마치고 나서 물었다.

"네가 무척 위험한 세계에 발을 들여놓았다는 사실만 말할 수 있어. 다시는 거기에 가지 말라고 하고 싶어."

"우리 엄마, 아빠, 카를로스처럼 단지 돈을 벌고 싶었어요."

"하지만 모든 사람이 그런 선택을 한 건 아니야."

"알아요." MK가 심리 치료사를 똑바로 바라보았다. "선생님도 하지 않으셨지요."

"앞으로도 결코 그런 일은 하지 않을 거야."

"우리 학교 교장 선생님도 하지 않으셨어요. 파트리시아도 안 했고요."

"파트리시아를 알고 있니?"

"아니요. 마르코가 이야기해 주었어요."

마리아 호세 선생님은 계속 태블릿에 쓰고 있었다. 좁은 공간에 무척 빠른 속도로 써 나갔다.

"그런데 돈을 벌어서 뭘 할 생각이었어?" 상담 선생님이 갑자기 물었다.

"저희 집에 지구본이 하나 있어요. 눈을 감고 세게 돌린 다음 손가락으로 아무 곳이나 찍을 거예요. 그리고 그곳으로 떠날 거예요. 그게 하필 마드리드라면 정말 운이 나쁜 것이겠지요?"

"그런데 그 지점이 바다 한가운데라면?"

"이미 생각해 놨어요. 그러면 그 지점에서 가장 가까운 육지로 갈 거예요."

"그런데 이게 성폭력을 당하기 전부터 생각했던 거니?"

"네." MK가 분명하게 대답했다.

"그런데 무엇에서 달아나고 싶었어? 가족? 환경? 아니면 너 자신?"

"모든 것."

"설명 좀 해 봐."

"제가 이 세상에 속해 있지 않다고 매번 생각했어요. 그럴 때면 저는 제가 있어야 할 곳은 다른 곳이고 그곳에 있다면 더 잘 지낼 것이고 행복할 것이라고 생각했어요."

MK는 가끔씩 마리아 호세 선생님을 바라보았다. 손가락이 움직이는 속도가 놀라웠다. 뭘 쓰고 있는지 궁금했다. 무엇보다 모든 이야기가 그녀와 관계있는 것일 테니까 말이다.

"언젠가 쓰고 계신 것을 보여 주시겠어요?"

"아니!" 마리아 호세 선생님이 웃었다. "직업적인 비밀이야!"

"그건 부당해요. 저에 대해서 쓰고 계시잖아요."

"바로 그래서야."

심리 치료사는 이제 조금 쉬어야 할 순간이 왔다고 판단했는지 일상적인 이야기로 대화를 돌렸다. 오후에 비가 떨어지기 시작했다든가 MK가 신고 있던 장화, 또는 최근에 휴대 전화를 바꾸었던 이야기를 했다.

MK가 조금 편안해진 것 같았을 때 새로운 질문을 시작해서 혹독한 현실로 돌아와야 했다.

"그다음에는 뭘 했지?" 마리아 호세 선생님은 모든 것을 다 알려고 했다.

MK는 다시 거짓말을 할까 생각했다. 심지어는 거짓말이 가장 필요하다고까지 생각했다. 엄마와 함께했던 상상과 함께한 게임에 대해 이야기하는 것은 모든 사실을 폭로하는 것이다. 마리아 호세 선생님은 무척 똑똑했다. 그리고 무엇보다 그런 일의 진정한 의미를 알아낼 능력이 있다. 겉으로 드러나는 일이 아니라 뒤에 숨어 있는 의미 말이다. 그래서 거짓말을 해야 했다. 쉬운 일이다.

"엄마에게 모든 것이 거짓이라고, 제가 거짓말을 한 거라고 잠깐 상상해 보라고 했어요." 이번에는 자신의 혀와 성대가 내뱉는 말에 놀라지 않았다. 오히려 마음속 깊은 곳에서 그렇게 말하고 싶었던 것 같다. 무엇보다도 지금처럼 외롭지 않으려고.

마리아 호세 선생님은 충격에 휩싸인 채 MK의 말을

듣고 있었다. 겉보기에는 그저 엄마와 딸 사이의 어린애 장난 같은 이야기였다. 그러나 그 안에는 끔찍한 진실이 숨겨져 있었고, 이미 돌이킬 수 없는 결과를 초래한 일이었다. 그녀는 너무나 놀라운 이야기를 들었고 수많은 결론을 떠올리고 있었다. 결국, 그녀는 필기하는 것조차 그만두었다. MK는 거짓말처럼 진실을 이야기하고 있었다.

"이 모든 이야기가 놀이이며 일종의 상상 연습이라고 확신하니?" 마지막에 물었다.

"네, 물론이에요." MK는 망설임 없이 대답했다.

그때 마리아 호세 선생님은 MK가 무너지지 않고, 자기가 한 일에 눈물을 흘리며 인정하지 않으리라고 확신했다. 그녀는 단단하고 강했다. 하지만 뭔가 변화하고 있는 것은 분명했다. 그리고 그 변화는 그녀 자신이 이끌어 냈다. 양심이 그녀를 움직였다고 확신했다.

마리아 호세 선생님은 어렵고 무척 예민한 사건이라고 생각했다. 직업적으로 크나큰 도전 앞에 있었다. 세심하고 조심스럽게 접근해야 했다. 어떻게 행동해야 할까? 여러 방법을 생각하면서 적절한 말을 찾으려고 애썼다. 그런데 갑자기 MK가 예상치 못한 말을 꺼냈다.

"감춰 둔 카드가 있어요."

"무슨 말이야?"

"제가 이 이야기의 주인공으로 돌아갈 수 있어요."

"지금도 주인공이야. 그건 의심할 필요 없어."

"제 손가락이 우연히 선택한 곳으로 떠나기 위해서 무척 많은 돈을 벌 수 있는 그런 거요." MK가 계속 이야기했다.

"어떻게?"

"무척 간단해요. 아주 유명한 진행자가 진행하는 시청률 최고인 생방송 프로그램에서 독점 인터뷰를 하는 거예요."

"무슨 말인지 알겠어." 마리아 호세 선생님이 말했다. "모든 것이 분명하구나. 그래, 선정적인 광고의 생방송. 진행자가 소리쳐서 말하고 호들갑스럽게 너를 끌어안는 거야. 그러면 MK 네가 나가서 진실을 고백하는 거야. 그러니까 모든 것이 거짓이었다고. 내 말이 틀렸니?"

"아니요." MK는 심리 치료사가 그토록 정확하게 추론해 냈다는 사실에 놀라서 인정하고 말았다.

"심지어 그 텔레비전 채널은 시청자를 더 확보할 수

있고 출구에서 네가 체포되는 모습까지 준비해 놓겠지. 파란불이 깜박이는 경찰차 두어 대가 너를 기다리고 있을 거야. 그래, 카메라가 앞에 놓여 있고." 마리아 호세 선생님은 잠시 말을 멈추고 MK를 바라보았다. MK는 그 시선을 감당할 수 없었다. 처음이었다. 고개를 숙였다. "좋은 계획이야. 그래, 네 말도 맞아. 그 마르코라는 사람과 상당한 금액의 돈으로 협상을 할 수 있을 거야. 틀림없이 세상 어디든 여행할 수 있겠지. 하지만 한 가지 잊지 말아야 할 것이 있어. 너는 미성년자야. 그 계약은 부모님이 동의한 다음 체결되어야 해. 그러면 네가 열여덟 살이 되기 전에 자유롭게 인출할 수 없다는 말이지. 하지만 어쨌든 척척 맞아떨어지는 사업이라는 건 인정해. 진실을 말함으로써 이루어지는 사업! 축하한다."

마리아 호세 선생님은 공책을 덮고 태블릿을 껐다. 깊이 숨을 쉬고 나서 일어났다.

"끝났다."

MK도 따라 일어났다. 정신이 하나도 없었다. 무슨 말을 해 달라고, 뭔가 설명을 해 달라고 애원하듯 심리치료사를 바라보았다. 그렇게 끝낼 수는 없었다.

"선생님 말씀은……?" 말을 더듬었다.

"오늘 상담은 끝났다는 말이야." 마리아 호세가 말했다. "가도 돼."

"가라고요?"

"물론이지. 여기 남아서 자고 싶은 건 아니겠지? 경고하는데 여기에는 침대가 없어."

"하지만……. 아무것도 하지 않으실 거예요?"

"안 할 거야."

"경찰에 전화하실 거예요?"

"아니, 내 임무는 너의 사건을 해결하는 게 아니라 너를 도와주는 거야."

MK는 의자 등받이에 걸어 놓았던 재킷을 입었다. 오늘 상담이 왜 가장 당혹스러운 이 순간에 끝나야 하는지 이해할 수 없었다. 무슨 말인가 하고 싶었다. 그러나 적절한 말이 떠오르지 않았다. MK는 그냥 뒤돌아 문을 향해 걸어갔다. 바로 그때 마리아 호세 선생님의 말이 그녀를 멈춰 세웠다.

"이제 네 차례야." 선생님이 말했다. "이제 네 앞에 두 갈래 길이 있어. 두 길 모두 전화 한 통이면 돼. 마르코와 유명한 진행자에게 전화를 걸어서 독점 인터뷰를 예약할 수 있어. 계획된 사업을 시작하는 거지! 이 경우에 중요한 건, 적어도 나에게 중요한 건, 진실이 밝혀지고 결백한 L 선생님이 즉시 감옥에서 나오게 된다는 거야. 비록 텔레비전 쇼를 통해서지만. 그리고 두 번째 길은……. 두 번째 길이 뭔지는 알겠지?"

"네." MK가 계속 마리아 호세 선생님의 시선을 피하며 대답했다.

"그러면 네 자유 의지대로 하도록 해."

"네." MK가 로봇처럼 대답했다.

"어찌 되었든 마침내 '자유'라는 단어가 나왔네." 선생님이 어조를 바꾸어서 말했다. "우리가 윤리와 양심에 대한 이야기를 했던 게 생각나. 하지만 자유가 없다면 윤리와 양심은 쓸모없는 말일 뿐이야. MK, 이제 가도록 해. 그리고 결정을 해."

"제가요?"

"네가 아니면 누구겠어? 기억하렴. 네 앞에 두 갈래 길이 있다는 사실을. 어떤 길을 선택하든 전화 한 통이면 충분해. 하지만 나는 틀림없이 네가 세 번째 가능성도 알고 있을 거라고 생각해. 아무 행동도 취하지 않고 지금의 상태로 그대로 가는 것. MK, 너는 자유로워. 이제

가도 된다. 날씨가 고르지 못해. 곧 어두워질 거야."

MK는 집으로 돌아가지 않았다. 한참 동안 시내를 배회했다. 색색의 빛으로 가득 찬 큰 진열장이 있는 상점들이 많은 시내는 자신의 동네와는 많이 달랐다. 그리고 사람들, 사람들, 사람들로 가득 찼다. 하지만 이 사람들은 어디로 가고 또 어디에서 온 것일까? 각자 모두 자신의 삶과 이야기와 거짓을 짊어지고 있을 것이다. MK는 자기처럼 그토록 커다란 짐을 짊어지고 그곳을 걷고 있는 사람이 또 있을까 생각했다. 거짓말이라는 커다란 짐을 말이다. 비 때문에 몸이 얼어서 형편없는 음식으로 유명한 햄버거 체인점으로 몸을 피했다. 얼마 전 그곳의 음식에 대해 평했던 다큐멘터리를 본 적이 있다. 그녀는 음료를 마시며 조용히 생각했다. '다른 거짓말' 그녀는 창가에 앉아 쉴 새 없이 움직이는 거리의 풍경을 바라보았다.

비가 멎자 다시 밖으로 나와서 다시 복잡한 거리를 헤매기 시작했다. 마리아 호세 선생님의 진료실에 들어갈 때 휴대 전화를 진동으로 해 놓았다. 울리는 진동을 여러 차례 느꼈다. 휴대 전화를 바라보았다. 아빠에게서 두 번, 카를로스에게 세 번 전화가 왔었다. 아무에게도 답을 하지 않을 생각이었다.

그때 마리아 호세 선생님의 마지막 말이 생각났다. 주도권을 쥐고 전화를 해야 할 사람은 그녀였다. 가방에 두 장의 명함이 있다. 두 사람의 이름, 두 전문가, 두 개의 전화번호.

하나는 유명한 진행자의 대리인인 마르코의 명함이었다. 그녀가 하려는 일을 설명하면 놀라서 입을 다물지 못할 것이다. 대신 상당한 금액을 요구할 것이고 그녀가 성인이 될 때까지 아주 조심스럽게 그 돈을 맡아 준다고 보장해 줄지도 모른다. 그런 내용을 계약서 조항에 넣으면 될 것이다.

또 다른 명함은 JJ 경감의 명함이었다.

젖었지만 상관하지 않고 사람들이 무척 많이 다니는 광장의 벤치에 앉았다. 무척 큰 극장인가 영화관이 있는 곳이었다. 극장은 창문이 내려진 채 닫혀 있었다. 광장의 아래에는 여러 층으로 된 거대한 주차장이 있었다. 한참 동안 MK는 한쪽으로 들어가고 또 다른 쪽으로 나오는 자동차들을 바라보았다. 완벽한 질서를 유지하고 있었다. 끊임없이 이어지는 끝없는 행렬이었다. 절대 끝나지 않는 이야기에서처럼 자동차들이 계속 들어가고 나왔다.

'나는 자유로워'라고 MK는 생각했다. '그런데 내가 자유로워지고 싶은지 모르겠어. 마리아 호세 선생님이 나 대신 행동해 주었다면 더 좋았을 텐데. 왜 그렇게 하지 않았을까? 내가 한 모든 이야기를 왜 믿었을까? 그러나 선생님은 아무것도 하지 않았어. 공을 나한테 던져 주기만 했을 뿐이야. 그런데 나는 자유로워지는 게 무척이나 힘들어. 너무 어려운 일이야.'

가방에서 휴대 전화를 꺼냈다. 아빠는 계속 전화를 걸고 있었다. 무슨 일이 일어났을지 상상했다. 엄마가 아빠에게 전화를 걸어서 MK가 거짓말을 했고 모든 것이 꾸며 낸 이야기였을지도 모른다고 이야기했을 것이다. 그리고 분명히 두 사람은 심하게 다투고 전화를 끊었을 것이다. 그리고 둘 다 상대방의 잘못이라고 했을 것이다. 아빠는 사건의 중심에 있고 싶고 가장으로서의 역할을 받아들여야겠다고 생각했을 것이다. 비록 그런 바람이 우습고 적절하지 않더라도 말이다.

카를로스 역시 계속 전화를 걸었다. 그러나 그에 대해서는 아무것도 알고 싶지 않았다.

'나는 자유로워.' MK는 계속 생각했다.

가방을 열고 두 장의 명함을 꺼냈다. 두 장을 무릎 위에 올려놓고 한참 동안 바라보았다. 자신의 무릎 위에서 하나의 해결책을 찾아야 한다는 사실이 우스웠다. 한쪽 무릎에는 대리인인 마르코의 명함이 있었고 다른 쪽 무릎에는 JJ 경감의 명함이 있었다. 또한 그냥 몸을 일으키고 일어나서 두 장의 명함을 젖은 바닥에 떨어지도록 하고 아무 일 없었다는 듯 그곳을 떠날 수도 있다고 생각했다. 마리아 호세 선생님은 아무것도 하지 않을 가능성, 절대적으로 아무것도 하지 않을 가능성에 대해서도 알려 주었다.

두 개의 전화번호를 바라보았다.

그러고 나서 번호를 누르기 시작했다. 천천히, 아주 천천히, 어느 순간 후회하게 될까 봐 시간을 두고 번호를 눌렀다. 아홉 개의 숫자가 휴대 전화 화면에 보였다. 이제 통화 버튼을 누르기만 하면 되었다. 그렇게 했다.

"여보세요." 누군가가 말했다.

"저와 같이 가 주세요." MK는 애원하다시피 말했다.

"결정했니?"

"네."

"내가 누구를 만나러 갈 때만 너와 함께 갈 것인지 이미 알고 있지?"

"잘 알고 있어요. 제가 왜 전화를 드렸다고 생각하세요? 제발 저를 혼자 버려 두지 말아 주세요."

"너를 혼자 있게 하지 않을게. 어디 있니?"

MK는 광장 이름이 적힌 표지판을 보고 읽었다.

"곧 갈게. 거기서 움직이지 말고 있어."

MK는 전화를 끊었다. 계속 전화가 걸려오는 것을 무시하고 가방에 넣었다. 명함을 꺼내어 바라보았다. 하나는 무척 많은 돈을 제공해 준다. 대신 영혼을 팔아넘긴 꼭두각시로 변하게 될 것이다. 언제나 줄에 매달려서 스스로 통제하지 못하고 발걸음을 내디뎌야 할 것이다. 다른 명함은 그토록 여러 번 생각해 왔던 것과는 반대로 그녀에게 양심이 있고 느낌이 있다는 사실을 확인할 수 있도록 해 줄 것이다. 심지어는 모든 것을 다 이해하지 못하지만, 윤리라고 부르는 그것까지도 말이다.

'나는 꼭두각시의 걸음을 걷고 싶지 않아.'

마르코의 명함을 두 손에 쥐고 갈기갈기 찢어서 발밑으로 던졌다. 그 순간 살면서 처음으로 자유롭다고 느꼈다. 비록 이 결정으로 한동안 자유를 잃게 될 수도 있었지만.

채 십 분이 지나지 않아서 마리아 호세 선생님의 자동차가 도착했고 선생님이 자동차에서 MK에게 손짓을 했다. MK는 자동차로 달려갔다. 선생님을 바라보았다. 한없이 부드러운 미소를 보내고 있었다.

"와 주셔서 감사해요." 진심이었다.

"너 혼자 있도록 버려두지 않을게. 마음 편하게 먹어."

"두려워요."

"알아."

"이 모든 일이 시작된 이후에 두려움을 느끼는 건 처음이에요."

그 순간, MK는 확신했다. 이제야말로 '그 폭탄'이 터진 순간이라는 것을. 그동안 그토록 집착했던 바로 그 폭탄. 지금, 바로 이 순간, 그녀는 분명하게 폭발의 충격을 느끼고 있었다. 그리고 충격파가 그녀를 우주 너머로 날려 보내고 있었다. 그런데, 무엇보다도 중요한 것은 이 모든 것이 끝났을 때, 마치 만화 속 장면처럼, 그녀는 다시 땅으로 내려오게 될 것이라는 점이었다. 온몸이 그을리고, 재가 되어 떨어진다 해도 그녀는 그 재를 털어내고 다시 걸어갈 것이다. 그때가 되면, 진짜로 새로운 사람이 될 것이다. 그리고 마침내 자신이 원했던 모습에 한 걸음 더 가까워질 것이다.

내 발아래 시한폭탄

펴낸 날 초판 1쇄 발행 2025년 4월 9일

지은이 알프레도 고메스 세르다
옮긴이 김정하
디자인 손현주
펴낸곳 삐삐북스
펴낸이 김숙진
출판등록 2020년 7월 16일 제2021-000293호

주소 서울시 마포구 모래내로1길 17, 911호
전화 편집부 070-7590-1961 마케팅 070-7590-1917
팩스 031-624-1915
전자우편 p_whale@naver.com
인스타그램 @pinkwhaleya

ISBN 979-11-971451-8-6 43870

* 책값은 뒤표지에 표시되어 있습니다.